소설 읽는 방법

이 도서의 국립중앙도서관 출판시도서목록(CIP)은 e-CIP 홈페이지(http://www.nl.go.kr/ecip)와
국가자료공동목록 시스템(http://www.nl.go.kr/kolisnet)에서 이용하실 수 있습니다.
(CIP제어번호: CIP2011003742)

히라노 게이치로의

소설 小說 읽는 방법

양윤옥 옮김

문학동네

제1부

소설을 읽기 위한 준비 —기초편

제2부

어디를 바라보고, 무엇을 이야기하는가—실천편

차례

제 1 부

소설을 읽기 위한 준비

—기초편

✂ 세상에 대해 '작게小 이야기하는說' 것!?

소설이란 무엇일까?

소설이라는 말의 뜻을 모르는 사람은 거의 없겠지만 엄밀한 정의를 내리기로 하면 저마다 의견이 다양하다.

애초에 소설은 왜 '小說'이라고 하는 걸까?

한자의 뜻풀이만으로는 그 의미가 분명하게 드러나지 않는다.

『국어대사전』✢에는 다음과 같은 네 가지 뜻이 실려 있다.

✢ 『일본국어대사전』, 쇼가쿠칸(小学館).

❶ 중국에서, 공인된 정식 문장으로 역사를 기록한 '정사正史'에 대하여, 민간의 하찮은 이야기에 거짓과 참을 섞어 산문체로 써내려간 '패사稗史'에서 유래한 말.

❷ ❶을 근거로 novel, fable, fiction, romance, story, tale 등의 번역어로서 서양 문물이 유입되던 시절부터 서서히 쓰이기 시작하였고, 후에 쓰보우치 쇼요+에 의해 novel에만 한정하여 사용한 말.

❸ 자신의 의견을 겸손하게 낮추어 부르는 말.

❹ 타인의 의견이나 속설俗說을 얕잡아 가리키는 말.

❸과 ❹는 일단 제외하기로 한다. ❶은 그 어원을 따져본 것이지만, 바로 지금 우리가 소설이라는 장르에서 기대하는 내용과 거의 맞아떨어진다는 느낌이 든다. 세상 사람들이 일반적으로 옳다고 믿는 것, 상식으로 통하는 것, 훌륭한 사람들이 공인된 언어로 지금 이 시대는 이런 시대라고 추상적으로 이야기하는 것에 대해 이질감을 느끼고 따분해하고 뭔가 잘못되었다고 생각하면서 좀더 구체적이고 생생하고 우스꽝스럽

+ 坪內逍遙, 1859~1935. 메이지 시대의 소설가 · 평론가 · 번역가.

고 슬프고 가슴이 뛰고 안타깝고 아름답고 또한 어처구니없기도 한 감동적인 이야기가 인간에게 분명 있으리라고 믿는 것. 그런 근엄한 언어로는 도저히 길어올릴 수 없는 현실이 우리 인간에게 반드시 있다고 믿는 것. 그것이 우리가 소설을 찾는 이유일 것이다.

문명개화를 거치면서 유럽의 '근대국가'를 모범으로 삼은 일본은, 그 나라들이 '국가란 무엇인가, 국민이란 무엇인가'를 논하는 자못 엄숙한 '정사'에 대하여, 보통 사람이 보통의 언어로 써내려가는 '패사'로서의 novel을 갖고 있다는 사실에 주목했다. 거기서 채용된 것이 ❷에서 보듯이 '소설'이라는 말이며, 특히 문명개화 이후의 소설을 그 이전의 산문체 문학과 구별하여 '근대소설'이라고 한다.

그래서 소설이라는 것은, 마침 일본의 대표적 근대소설가 중 한 사람인 모리 오가이가 "무엇을 어떤 식으로 쓰건 괜찮다"라고 발언했듯이 자신이 쓰고 싶은 것을 자유롭게 쓴다는 데 가장 큰 의미가 있다.

그런데 나는 최근에, 언어사적으로 '소설'이라는 말을 올바

르게 이해하는 데 더하여 한자의 뜻 그대로 '작게小 이야기하는說 것'이라는 식으로 생각해보고 있다.

웹 시대에 돌입하면서 우리 생활에는 전 세계의 온갖 다양한 정보들이 넘쳐나게 되었다. 그 정보의 양이 엄청난 데다 시간과 함께 사라지는 일도 없이 데이터로서 시시각각 쌓여가고 있다. 한편으로, 우리의 하루하루에는 변함없이 스물네 시간이 주어질 뿐이고 수명은 팔십 년 정도다. 어떻게 해봐도 그 모든 정보들을 망라한다는 건 불가능한 일이다.

우리는 어쩔 수 없이 어떤 정보와도, 어떤 말과도, 몹시 급하게 얕고 폭넓은 교제를 하지 않으면 안 되어서, 문득 깨닫고 보면 내가 과연 예전보다 세상이나 인간에 대한 이해가 깊어진 것인가, 하는 불안감을 품게 된다.

이런 시대에 소설은 그야말로 '작게 이야기하는 것'이다.

이 광대무변하고 복잡하기 짝이 없는 세상을, 그리고 그곳에서 살아가는 인간의 마음속 깊은 밑바닥을 누구의 손 안에라도 들어갈 만큼 작은 사이즈로 압축해서 농밀한 시간과 함께 체험하게 해준다. 그것이 소설이다.

확실히 소설은 그림이나 조각처럼 한눈에 볼 수 있는 물체는 아니다. 어느 일정량의 기호의 연속인 이상, 시간을 들여

처음부터 마지막까지 순서대로 더듬어나가지 않으면 안 된다. 하지만 그사이에 소설은 끊임없이 독자에게 말을 건네고 귀를 기울여주고 독자의 손을 이끌어주고 독자와 함께 느끼고 함께 생각한다. 이는 어떻게 처리해야 할지 난감한 심정으로 정보의 바다를 허우적거리는 것과는 전혀 다른 흥분을 준다.

인터넷 시대에 돌입하면서 소설은 이미 역사적인 역할이 끝나버린 것인가. 천만의 말씀이다! 오히려 지금이야말로 소설은 그 의의를 새롭게 만들어가는, 우리에게 꼭 필요한 표현형식이다.

‘네 가지 질문’으로 소설을 생각하기

앞서 출간한 『책을 읽는 방법』(문학동네)에서는 소설을 비롯한 이 세상의 모든 책을 좀더 깊이 있게 감상하기 위한 방법으로서 ‘슬로 리딩’(천천히 읽기)을 제시했다.

이번 책에서도 그 기본 바탕은 변함이 없지만, 여기에서는 우선 소설에 가까이 다가가기 위한 첫 단추로서 구체적인 네 가지 접근법에 대해 생각해보기로 하자.

새의 울음소리에서 발견되는 문법 구조를 통해 인간 언어의 기원을 탐색하는 독특한 연구를 하고 있는 오카노야 가즈오[+]는 자신의 저서 『새의 노래에서 인간의 언어로』에서 노벨 생리의학상을 수상한 니콜라스 틴베르헌[++]이 동물행동학의 기본으로 제시한 '네 가지 질문'이라는 것을 소개했다.

동물의 행동에 관한 다음 네 가지 사항이다.

❶ 메커니즘

❷ 발달

❸ 기능

❹ 진화

얼핏 보면 상당히 복잡한 이야기처럼 느껴지겠지만 꼭 그렇지만도 않다. 각각의 내용을 대략 살펴보자.

❶ '메커니즘'에서는, 이를테면 새가 '울' 때, 그 새의 뇌신경계나 내분비계 등이 어떤 구조로 움직여서 '운다'라는 행동

+ 岡ノ谷一夫, 1959~ . 동물행동학자, 도쿄 대학 교수.

++ Nikolaas Tinbergen, 1907~1988. 네덜란드 출신의 영국 동물학자. 동물, 특히 조류의 행동 연구로 유명하다.

이 가능한지 연구하는 것이 과제가 된다.

❷'발달'에서는 알에서 깨어난 새가 병아리에서 성조로 성장하는 과정에서 어떻게 노래하기(울기)를 학습하고 어떤 형태로 그것이 발현되는지를 연구한다.

감이 좋은 사람은 이미 눈치를 챘을 테지만, ❶과 ❷는 둘 다 '운다'라는 행동을 직접적으로 유발하는 요인('근접요인近接要因'이라고 한다)을 연구하는 학문이기 때문에 갈래상 서로 가깝다.

그에 비해 ❸'기능'에서는 '노래한다'라는 행동이 그 새에게 어떤 의미인지를, 그리고 ❹'진화'는 그 새가 그런 식으로 '노래하게 된' 것이 어떤 도태 과정을 거친 끝에 나온 결과인지를 연구하게 된다.

즉 ❸과 ❹에서 연구하는 과제는 새는 '왜 노래를 하는가'라는 '궁극요인窮極要因'이다.

어째서 이런 이야기를 인용하는가 하면, 틴베르헌의 '네 가지 질문'이 실은 소설을 읽을 때의 접근법으로서도 매우 효과적이기 때문이다.

소설 감상법으로는 물론 그 이야기를 읽고 각자 나름대로 뭔가를 감지하는 것이 가장 좋다. 하지만 '정말 재미있었다' '너무 슬펐다'라는 식의 간단한 감상 이외의 이야기를 누군가와 나누기 위해서는 생각의 방식을 알아두는 게 무엇보다 중요하다.

소설의 '메커니즘'에 대해 생각한다는 것은 아마도 가장 마니아다운 독서법일 것이다. 작가 편에 서는 독서법이라고 해도 무방하다. 소설이란 무대 설정, 등장인물의 숫자, 그 배치와 들어오고 나가기, 줄거리의 전개, 문체 등이 복잡하게 얽혀서 만들어진 것이다.

작가는 그러한 요소를 다양하게 구사하면서 독자에게 하나의 세계를 제공하려고 한다. 이 소설은 왜 이렇게 재미있지? 이 소설은 왜 이렇게 뭐가 뭔지 모르겠지? 몸속의 기능을 분석함으로써 인간과 동물의 행동을 누구나 고개를 끄덕이며 이해할 수 있듯이, 소설도 그것을 움직이게 하는 구조에 대해 생각해보고 이해하게 되면 지금까지와는 전혀 다른 모습을 우리에게 보여준다.

이를테면 정원에서 뛰어다니는 강아지를 보고 무척 사랑스럽다고 느꼈다 하자. 거기서 좀더 나아가 살아 있는 강아지는 로봇 개와 달리 어떻게 저토록 정밀한 동작이 가능한지 그 구조를 파악하게 된다면 지금까지와는 또다른 감동을 느낄 수 있을 것이다. '메커니즘'을 파악하는 재미란 바로 그런 것이다.

'발달'이라는 것은 한 작가의 인생에서 어떤 타이밍에 그 작품이 나왔는가 하는 점을 생각해보는 일이다. 초기의 소설인지 아니면 만년에 발표한 소설인지, 그 시기에 따라 똑같은 주제를 다루더라도 문제를 파고드는 방식이나 솜씨는 당연한 일이지만 크게 달라진다. 한 작품만 읽었을 때는 얼른 다가오지 않던 이야기가 그 전 작품, 그 전전 작품까지 찾아 읽다보면 '아하, 이 테마가 이런 식으로 발전했구나' 하고 퍼뜩 이해되는 일이 있다. 한 작가의 변화 과정을 더듬어보는 것으로 작품의 깊은 곳까지 파악하게 된 셈이다.

처음 데뷔했을 무렵에는 작가 본인에게도 애매하게 포착되던 세계가 작품을 거듭할수록 좀더 명확해지고 깊이를 더해간다. 혹은 어느 시기까지는 집중적으로 파고들었던 테마가 갑자기 사라지고 또다른 테마로 관심이 옮겨가기도 한다. 문체도 바뀌고 세계관도 변화한다. 어째서일까. 작가의 내적인 변화 때문인가, 아니면 사회적인 변화 때문인가.

한 작가로 좁혀들어가 그 과정을 더듬어보는 일을 통해 그 작가의 작품을 한 편만 읽었을 때는 놓쳤던 많은 것을 깨닫게 될 것이다.

'진화'에서는 사회의 역사, 문학의 역사 속에서 그 소설이 어떤 위치에 자리 잡고 있는지를 생각해본다. 어떤 소설이든 그 사회와 시대의 분위기에 큰 영향을 받고 나아가 앞서 나온 작품, 동시대의 다른 작가의 작품에도 영향을 받으며 쓰이게 된다.

예를 들면, 나쓰메 소세키나 모리 오가이의 소설이 있었기 때문에 아쿠타가와 류노스케✢의 소설이 등장할 수 있었다. '발달'이 작가 개인의 역사라고 한다면 '진화'는 문학사적인 시점에서의 접근인 셈이다.

'기능'이라는 것은 한 편의 소설이 작가와 독자 사이에서 갖게 되는 의미를 가리킨다. 작가가 인간의 선량함을 전달하려

✢ 芥川龍之介, 1892~1927. 도쿄 대학 재학중에 나쓰메 소세키 문하에 들어가 「노년」을 발표하며 데뷔했다. 예술지상주의 작풍으로 유명하며, 대표작으로 「라쇼몽」 「덤불 속」 등이 있다.

는 의도를 갖고 있을 때, 독자는 거기에 호응하는 방식으로 작품을 받아들인다. 혹은 자신을 이해해주었으면 하는 마음에서 소설을 써냈다면 독자는 그것을 읽고 조금이나마 작가에 대해 이해한 듯한 마음이 든다. 현대사회의 복잡성을 조명하거나 인간의 심리적 어둠을 추구한다는 것도 모두 한 편의 소설이 작가와 독자 양쪽에 대해 지닌 기능이다. 물론 작가의 의도와 독자의 의도가 어긋나는 일도 적지 않다.

이 '기능'을 단순화해서 보여주는 것이 바로 장르 구분이다.

소설은 미스터리나 연애소설, SF, 공포소설 등 다양한 장르로 나뉜다. 실제로 하나하나의 작품이 그리 정확하게 분류되는 건 아니어서 폐해가 많지만, 그럼에도 불구하고 장르 구분이 없어지지 않는 것은 독자가 그 작품의 '기능'을 알고 싶어 하기 때문이다.

요즘에는 '눈물 나는 소설' '행복해지는 소설'이라는 식으로 '기능'에 대한 소개가 좀더 구체적이고 홍보에 가까운 경향을 보인다. 이래저래 바쁘게 살아가는 현대인은 그때그때 자신이 원하는 책들과 정확하게 만나기를 원하고 있다. 이야기 속의 수수께끼를 풀어나가는 재미를 즐기려고 어떤 책을 손에 들었는데 사회 비판적인 요소가 강한 내용이어서 답답했던 경험은 누구나 한두 번쯤 있을 것이다. '꽝'을 뽑고서도 그것을 오히려 즐길 만한 여유가 있다면 좋겠지만 반발심만 들었다면 작가에게도 또한 독자에게도 불행한 일이다. 장르 구분은 소설을 편의적으로 갈라서 답답한 공간에 밀어넣는 일이다. 하지만 문헌정보학이라는 분야가 존재하는 것을 봐도 알 수 있듯이 장르 구분이 없어지면 그 또한 여러 가지로 답답할 것이다.

소설을 선택할 때 접하는 책소개 내용과는 다르게, 읽어나가는 도중에 혹은 읽고 난 뒤에 그 '기능'에 대해 생각해보는 것은, 기본적으로 그 소설을 각자 어떻게 받아들이느냐에 따라 달라진다. '이 소설은 독자에게 어떤 의미인가?' '나는 이 소설과 만나면서 어떻게 달라졌는가?' '작가는 이 소설을 통해 어떤 심오한 것을 얻었는가?'라는 식으로 소설의 역할을 생각해보는 것이 '기능'의 문제다.

소설을 읽고 과제를 제출할 때나 인터넷 블로그 등에 자신의 감상을 올릴 때, 물론 위의 '네 가지 질문'을 모두 망라할 필요는 없다. 하지만 미리 그런 내용을 알아둔다면 독후감 작성의 첫걸음이 한결 수월할 것이고 다른 사람의 감상문을 읽을 때도 어떤 점에 착안해서 논의하고 있는지 쉽게 알 수 있을 것이다.

접근 방식이 엉망진창인 악평이 눈에 띄었을 때는 쿨하게 제쳐버릴 수도 있다. 자신이 좋아하는 소설이, 이를테면 '진화'라는 관점 한 가지로만 입이 험한 자에게 엄청 욕을 먹고 있을 때는 다른 세 가지 접근법을 활용해 옹호해보는 것도 좋겠다. 그런 무기가 되어줄 수 있는 것이 바로 이 '네 가지 질문'이다.

※ 소설이 지닌 시간의 '화살표'

소설은 그림이나 조각 등과 달리 감상하는 데 하루든 일주일이든 반드시 시간을 들여야 하는 예술이다.

첫 행부터 시작해서 마지막 행까지 가닿은 시점에야 비로소 작가가 세상에 내놓은 하나의 작품이 독자에게 무사히 도착하게 된다.

소설이 지닌 거대한 진행의 '화살표'는 기본적으로 앞에서 뒤로 향하고, 작품 속에서 언급되는 시간이 아무리 과거와 미래를 자유자재로 오고간다고 해도 문장은 기본적으로 위에서 아래 방향을 향해 읽히며 페이지는 왼쪽에서 오른쪽으로 넘어간다. 그야말로 당연한 이야기다.

행이 자꾸 바뀌기 때문에 얼른 파악하기 어려울지도 모르겠지만, 이를테면 한 줄 한 줄의 문장이 책이 아니라 두루마리 같은 형태로 계속 이어져 있다면 소설을 읽는다는 행위가 그 길고 긴 한 줄기 선을 더듬어나가는 일이라는 사실을 금세 알 수 있을 것이다.

이는 하루하루 일상의 삶을 살아가는 우리의 의식과 정확히 합치되는 구조다.

아무리 다양한 사건들이 터져도, 혹은 옛날 일을 떠올리거나 미래를 망상해도 우리는 담담히 현재를 살아가며 과거에서 미래로 가는 '화살표'를 따라 끄덕끄덕 앞으로 나아간다.

이 '화살표'가 가리키는 방향은 동일한 사회를 살아가는 모든 사람들이 공유하는 것이다.

근대에 들어서면서 급격하게 규모가 커지고 복잡해진 우리 사회에서는 각자 분담해서 일을 맡는 한편, 개별적인 성과를 끼워맞춰 전체적인 기능이 원활하게 이뤄질 수 있도록 하나의 공통된 시간을 갖지 않으면 안 되었다.

19세기에 철도가 보급된 프랑스에서는 처음에 지방의 농촌과 수도 파리 사이에 공통의 시간표를 만들기가 무척 힘들었다는 재미난 이야기가 남아 있다. 나라 전체가 똑같은 시간을 공유하지 않고서는 애써 만든 농작물이라도 철도 수송을 통해 파리의 점포에서 소매업자가 판매하기는 어려워진다.

사회 전체가 똑같은 템포로 똑같이 하나의 '화살표'를 따라 움직이게 된 시대가 근대이다. 사람들은 신문이나 텔레비전 같은 매스미디어를 통해 세상에서 지금 일어나는 일을 동시에 알게 되면서, 그것을 과거에서 미래로 가는 공통된 시간의 흐름 속에서 정리하고 자기 자신의 생활을 거기에 어떻게 연결할지 각자 지혜를 발휘한다.

그런 시대에 발전한 것이 바로 소설이라는 장르다.

'알고 싶다'는 욕구와 '주어+술어'

소설 속에서는 다양한 시간과 공간에서 다양한 등장인물이 다양한 소동을 일으킨다. 그것을 앞에서 뒤로, 페이지의 왼편에서 오른편으로 큰 '화살표'를 따라 한 줄기 선으로 정리해낸 '플롯'(이야기 줄거리)에 대해 생각해보자.

플롯이란 공간적으로나 시간적으로나 제각각인 사건들을 정리해서, 내 눈앞에 내밀어진 이 소설이 대체 무엇인가를 이해해나가기 위한 절차다.

애초에 인간은 왜 소설을 손에 드는 것일까? 물론 그것이 어떤 이야기인지 알고 싶기 때문이다. 이 '알고 싶다'는 욕구야말로 페이지를 넘기게 하는 원동력이다. 그다음 이야기, 또 그다음 이야기를 궁금해하는 마음의 밑바탕에는 끝까지 읽어서 그 전모를 알고 싶다는 욕구가 자리 잡고 있다.

이 욕구를, 조금 멀리 에둘러, 우리가 평소에 당연한 것처럼 쓰고 있는 문법의 구조에서부터 생각해보자.

이를테면 지금 내 눈앞에 정체를 알 수 없는 하나의 물체가 있다고 하자. 그게 무엇인지 알고 싶어서 손에 집어들고서야 '아, 돌멩이구나' 하고 알았다. 그런데 돌멩이는 돌멩이인데 그 안에서 뭔지 모를 이상한 것이 반짝거리고 있다. 색깔이며 모양을 관찰했다. 조사를 해봤더니 흑요석이라는 게 밝혀졌다. 흑요석이 뭘까? 다시 조사해보니 화산암의 일종이라는 것을 알았다……

딱히 특별할 것도 없는 경험이지만, 이러한 인식 작업은 '엇? → 이게 뭐지? → 이건 돌멩이다 → 그럼 이 돌멩이는 어떤 돌멩이지? → 검고 단단하고 아름다운 돌멩이다 → 이 검고 단단하고 아름다운 돌은 흑요석이다 → 흑요석은 화산암의 일종이다……'라는 '화살표'의 흐름으로 정리할 수 있다. 여기서 주목할 것은 '주어'와 '술어'의 관계다(정확히 말하면 '주어부' '술어부'라고 해야겠지만, 이 책에서는 문법 구조의 골격을 강조하기 위해 수식어까지 '주어' '술어'에 포함하고자 한다).

나는 방금 무심코 시야에 들어온 '정체를 알 수 없는 물체'를 예로 들었지만, 그 첫걸음은 세상에 넘치는 헤아릴 수 없이 많은 물체 중에서도 우선 한 대상에 초점을 맞추는 작업에서부터 시작된다. 뒤집어 말한다면, 그 이외의 물체는 관심 영역 밖으로 몰아내는 것이다.

'주어'라는 것은 이렇게 구체적으로 선택한 대상이며, 그것을 '주어+술어'라는 단선적인 문법 구조에 끌어들이는 것은 현재에서 미래를 향해 곧장 나아가는 우리의 시간의 흐름 속에서 그에 합당한 위치를 부여하는 일이다.

우리 주위에는 돌멩이, 길, 하늘, 해, 이웃집 아주머니……등등 각자 이름을 가진 헤아릴 수 없이 많은 물상(사람)이 가득 차 있다. 그중에서 특히 '돌멩이'를 선택한 이유는 그것이 내 흥미를 끌었기 때문이고 또한 무엇인지 알고 싶다는 궁금증을 느꼈기 때문이다.

이때 무수한 물상 중의 하나에 지나지 않았던 돌멩이는 '이 돌멩이는'이라는 식으로 격조사 '은, 는'이 붙으면서 문장의 '주어'가 된다. 원래의 '돌멩이'라는 단어는 나아가야 할 방향성이 없는 물체였다. 앞을 가리키는 '화살표'를 갖고 있지 않았기 때문에 우리의 관심도 그 이상 앞으로 나아갈 도리가 없었다. 그러나 '이 돌멩이는……'이라고 말하자마자 '화살표'의 방향성이 분명하게 정해지면서 '뭐지?' 하고 이어지는 부분을 알고 싶다는 욕구가 생긴다. 그 이어지는 부분에 해당하는 것이 바로 '술어'이다.

우리는 이 세계의 압도적인 양의 정보들을 모두 다 처리할 수 없고 또한 처리할 필요도 없다. 그중 극히 일부만을 꺼내 '이것은 ……이다'라는 식으로 한 줄기 시간의 흐름 속에서 처리할 수 있는 형태로 정리한 다음에야 비로소 '아, 그런 거였구나' 이해하고, 그다음에 이어지는 정보로 뛰어드는 일을 되풀이한다. 그런 일련의 작업을 가능하게 하는 것이 '주어+술어'라는 조합을 기본으로 하는 문법 구조다.

'이것은'(주어) 부분만 제시되고 '……이다'(술어)라는 부분이 감춰져 있으면 아무래도 마음에 걸려 견딜 수 없게 된다.

'그 사건의 진상은……'에서 멈춰버리면 누구라도 적잖이 스트레스를 느낄 것이고, 설령 전말이 밝혀진다고 해도 그 내용을 충분히 이해하고 받아들이지 못했다면 언제까지고 '그 사건의 진상은……이었던 건가?'라며 석연치 않은 '술어' 부분 때문에 머리를 싸매게 된다.

'은, 는' 같은 격조사는 '주어'로 선택된 단어에 방향성을 부여하는 '화살표' 역할을 한다, 라는 것을 일단 머릿속에 담아두자.

✂ '궁극의 술어'를 찾기 위한 기나긴 여행

다시 소설로 돌아가보자.

요즘에 고전작품을 현대적인 언어로 새롭게 번역하는 일이 붐을 이루고 있다. 그 속에서 새삼 주목을 받고 있는 도스토옙스키의 소설 『카라마조프 가의 형제들』을 예로 들어보자. 앞서 살펴본 것처럼 소설도 이 세상에 빗자루로 쓸어담을 만큼 대량으로 넘쳐나는 물상 중의 하나이고, '카라마조프 가의 형제들'이라는 소설 제목 역시 그 시점에는 아직 어떤 방향성도

갖지 않은 단순한 단어에 불과하다.

하지만 무슨 겨를엔가 꼭 집어서 소설 『카라마조프 가의 형제들』에 관심을 가진 우리는 이 책을 손에 들고 책장을 펼쳐 그 첫 문장에 눈길을 던진다. 이렇게 최초로 자그마한 행위를 하는 한순간이 실은 '카라마조프 가의 형제들'이라는 단순한 단어에 '은, 는'이라는 격조사를 붙여 주어를 만들어가는 작업의 시작이다. '카라마조프 가의 형제들'이라는 단어는 '『카라마조프 가의 형제들』은 ……이다'라는 '화살표'를 지닌 문법 구조 속에 끌려들어와 꽁꽁 묶이는 것이다.

당연히 우리는 감춰진 '……이다'를 알고 싶다는 욕구를 갖게 된다.

앞에서 이야기한 '플롯'이라는 것은 이 제목을 주어로 하는 궁극의 술어 '……이다'를 찾아 하나의 완성된 문장에 도달하기까지의 '거대한 화살표'를 말한다.

우리는 이 '화살표'의 안내를 받아 울고 웃고 화내고 때로는 생각에 잠기며 마지막 한 행까지 가려고 한다. 그리고 책장을 덮은 뒤에 '『카라마조프 가의 형제들』은 ……이다'라는 자기 나름의 '술어'를 얻을 수 있다면 마침내 목표에 도달한 것이다. '『카라마조프 가의 형제들』은 도스토옙스키의 최고 걸작이다' '부친 살해 소설이다' '인간의 절망과 희망을 미친 듯이 그려나간 이야기다' '압도적인 언어의 세계다'라는 식으로 온갖 다양한 술어가 들어가게 될 것이다.

이런 '궁극의 술어'가 수학식의 정답처럼 유일하게 딱 떨어지는 말로 나오기를 기대하는 사람이 있는가 하면, 한마디로 표현하기 어려울 만큼 복합적이라서 더더욱 재미를 느끼는 사람도 있을 것이다. 게다가 한참 시간이 흐른 뒤에 다시 읽어보고 처음과는 전혀 다른 '……이다'를 얻어낸 경험도 누구나 갖고 있을 것이다.

특히 미스터리소설은 두말할 것도 없이 범죄를 중심에 두고 '범인은……' '사용된 트릭은……'이라는 주어에 대한 술어를 명확히 밝혀내는 것을 목표로 하는 장르다.

'거대한 화살표'는 무수히 많은 '작은 화살표'의 축적

소설의 진행 방향을 다이내믹하게 그려나가는 플롯이라는 '거대한 화살표'는 좀더 자세히 살펴보면 당연히 하나하나의 문장이 구비하고 있는 무수히 많은 '작은 화살표'의 연속으로 이루어진 것이다.

『카라마조프 가의 형제들』의 경우에는, 탐욕스럽고 음탕한 표도르 카라마조프라는 한 사내가 살해되고, 그의 장남 드미트리가 살인 혐의로 체포되어 재판을 받게 된다. 드미트리는 아버지 표도르의 애인을 사랑하고 있었다. 셋째아들 알료샤는 스메르쟈코프라는 배다른 형제이자 하인이 이 사건과 관련이 있다는 것을 눈치챈다. 한편, 스메르쟈코프에게서 무의식적인 부친 살해 욕망을 지적받은 둘째아들 이반은 점점 정신의 균형을 잃어간다…… 대충 요약한 내용이지만, 독자를 '궁극의 술어'로 안내해주는 '거대한 화살표'는 이처럼 설정되어 있다.

한편으로, 이 이야기 속에 나오는 "알료샤는 다른 사람들과 반대되는 길을 선택한 만큼 금세라도 위대한 업적을 달성하고 싶다는 열정에 변함이 없었다"라는 문장이나 "드미트리는 곧장 창문으로 뛰어가 다시 방 안을 들여다보기 시작했다"라는 문장을 보면 알 수 있듯이, 각각의 등장인물은 '알료샤는……' '드미트리는……'과 같은 '주어'를 갖고 있고, 그때그때 독자들의 '알고 싶다'는 욕구를 각각의 주어에 붙는 '작은 술어'를 통해 해결해나간다.

그렇다면 이런 '작은 술어'들이 축적되어 '궁극의 술어'에

도달한다는 것은 구체적으로 어떤 의미일까?

‘주어’가 되는 등장인물

소설이란 ‘작게小 이야기하는說 것’이라는 게 내가 맨 처음에 제안한 한자 그대로의 해석이었다.

아무리 대작 소설이라고 해도 『카라마조프 가의 형제들』이 19세기 후반의 러시아 사회를 하나도 남김없이 모두 다 그려낸 것은 아니고, 이 이야기에서 다루어진 것은 그 당시 작가의 눈에 비친 대단히 선구적인 문제점들이다.

작가 도스토옙스키는 물론 그런 문제점들을 추상적이고 이론적인 저작으로 정리한 것이 아니다. 러시아적인 격정도 니힐리즘도 천진무구한 영혼과 러시아정교의 신앙도, 드미트리와 이반과 알료샤라는 당시의 사회를 살아간 구체적인 인간의 삶에 생생하게 표현된 것으로서, 또한 그것들을 다양한 모순이나 갈등의 소용돌이 속에 버무려넣는 형태로 그려내고 있다.

그런 의미에서 도스토옙스키는 등장인물을 적잖이 도식적으로 구분하고 있다는 지적을 받기도 했다. 하지만 어떤 소설가라도 논문이 아닌 소설을 쓰는 이상, 자신의 마음이 포착한 다양한 캐릭터들, 이를테면 싱글마더라든가 엄격한 고용 조건에 시달리는 노동자, 혹은 첫사랑의 소녀, 불륜에 빠진 중년 남자 등 다양한 등장인물의 삶을 구체적인 묘사를 통해 그려내지 않으면 안 된다.

그 등장인물들은 모두 고유명사를 가진 인간이어서 드미트리는 드미트리이고 이반은 이반이지 등장인물 A, B 등으로 표현되지는 않는다.

하지만 소설을 집필할 때, 아직 구상을 정하지 않은 맨 처음 단계에서라면 각각의 등장인물을 통해 그려내야 할 이야기들은 A, B라는 식의 분류에도 이르지 못한 몹시 애매한 것일 뿐이다.

소설 전체를 부감하면서, 이를테면 드미트리를 주어로 하는 문장은 빨강, 이반을 주어로 하는 문장은 파랑, 알료샤를 주어로 하는 문장은 노랑으로 색깔을 나누어본다고 하자. 그러면 전체적인 이야기에서 얼마나 되는 양의 언어가 어떤 등장인물에게 할애되었고, 누가 얼마나 자주 등장하는지, 어떤 식으로 서로 얽히면서 플롯이 진행되는지 한눈에 알 수 있을 것이다.

그와 반대로 이런 시도를 해보는 건 어떨까. 『카라마조프 가의 형제들』이라는 소설에서 '주어화'된 모든 고유명사와 대명사를 검정색으로 칠해보는 것이다. 그러면 오로지 술어만 서로 구별할 수 없이 뒤섞인 채 소용돌이치는 세계가 나타날 것이다. 누가 무슨 말을 하고 무엇을 하는지도 알 수 없다. 하지만 꼼꼼히 읽어보면 개개의 술어에 의해 서로 대립하거나 공감하는 모습, 장면이 바뀌거나 흥분하는 모습 등이 서서히 파악된다.

어쩌면 원래 작가의 심연에 있었던 것은 이렇게 아무런 경계도 없이 마구 뒤섞인 혼돈이었을 것이다. 작가는 그 혼돈을 지그시 응시해서 무엇과 무엇이 대립하는지 파악하고 각각에 초점을 맞춰 그것이 무엇인가를 생각해나간다. 그렇게 정체를 알 수 없는 뭔가를 '주어화'해서 '……은 ……이다'의 형태 속에 몰아넣으려고 할 때에 주어지는 이름이 바로 등장인물의 고유명사다. 반대로 굳이 고유명사를 부여해 '주어화'할 필요가 없는 등장인물은 '웨이터'라든가 '편의점 점원' 같은 사회적인 속성의 호칭 정도로 주목도를 줄여서 플롯의 배경에서 필요 이상으로 튀어나오지 않도록 해야 한다.

✂ 이야기 전개가 빠른 소설, 느린 소설

그렇게 각기 고유명사를 부여받은 등장인물은 주어로서 작품 전체를 아우르며 다양한 술어를 이끌어가지만, 그와 동시에 술어로써 내용을 채워나가지 않으면 아무리 가도 텅 빈 그릇일 뿐이다.

일일이 의식하지 않더라도 '이반은……'이라고 주어가 제시될 때마다 독자는 자연히 '뭐지?' 하고 술어 부분에 집중하게 된다. 물론 우리말 소설이라면 당연한 얘기겠지만, 예를 들어 익숙하지 않은 외국어라면 하나의 주어에 대해 술어는 어떻게 되어 있는지 의식적으로 주의해가며 읽을 것이다.

상당히 거친 분류 방식이지만, 등장인물의 주어에 이어지는 술어는 크게 두 가지로 나뉜다. 첫째로는 등장인물의 인물상을 만들어가는 술어, 둘째로는 등장인물의 행동을 가리키는 술어이다.

소설 속의 등장인물이 어떤 사람인지 처음에는 당연히 알지 못한다. 사회적인 소속이나 가족 내에서의 위치, 나이, 성별, 성격. 좋은 사람인가 나쁜 사람인가. 사랑스러운 사람인가 얄미운 인간인가. 조금 전에 예로 든 알료샤에 관한 문장을 다시 읽어보자.

알료샤는 다른 사람들과 반대되는 길을 선택한 만큼 금세라도 위대한 업적을 달성하고 싶다는 열정에 변함이 없었다.

이 문장에서 보이는 술어는 수도원에 들어간 알료샤라는 등장인물이 어떤 사람인지 설명한 것이다. 한편, 드미트리에 대한 문장은 어떤가.

드미트리는 곧장 창문으로 뛰어가 다시 방 안을 들여다보기 시작했다.

이 문장에서는 주어가 된 등장인물의 행동을 보여주고 있다. 좀더 구체적으로는, 나중에 아버지를 살해했다는 혐의를 받게 되는 드미트리가 그 살인이 일어난 날 밤에 집 안으로 몰래 숨어드는 장면이다. 이 문장의 술어는 드미트리가 어떤 인간인지 설명해주는 것은 아니다.

여기서 위의 두 문장을 플롯이라는 '거대한 화살표'와의 관계 속에서 살펴보자.

알료샤에 대한 문장은 플롯을 전진시키는 역할이 아니므로 그 술어 부분은 격조사를 포함한 주어를 향해 '←' 방향으로 작용한다(주어에 관한 정보를 채워넣는다는 의미에서 '주어 충전형 술어'라고 하자).

한편, 드미트리의 문장은 플롯의 '거대한 화살표'와 같이 가므로 술어의 기술은 '→' 방향으로 기능한다. 덕분에 플롯은 이 술어에 의해 한 걸음 전진한다('플롯 전진형 술어'라고 하자).

일반적으로 '이야기 전개가 늦다'고 하는 소설에는 문장에 '주어 충전형 술어'가 많고, 거꾸로 '이야기 전개가 빠르다'고 하는 소설에는 '누구누구를 만났다, 어디어디에 갔다'라는 식으로 행동을 드러내는 '플롯 전진형 술어'가 많다.

가난한 어부 총각 '우라시마 타로'가 거북을 구해주고 용궁에 초대되어 꿈같은 나날을 보내다 돌아와 보니 주위 사람들이 모두 호호백발이 되어 있더라는 전래동화 「우라시마 타로 이야기」를 예로 들어보자. 이야기 속에서 "우라시마 타로는 고독을 즐겼다"라는 문장은 그의 인물 됨됨이를 설명해주고 있지만 플롯은 한 발짝도 앞으로 나아가지 않는다. 한편으로 "우라시마 타로는 바닷가를 걷고 있었다"라는 문장은 구체적인 행동을 기술하는 것으로, 플롯을 앞으로 전진시켰지만 그가 어떤 인물인지는 알려주지 않는다.

물론 이 두 가지 구분은 이른바 모델일 뿐이다. 실제로는 소설의 테마에 따라서도 크게 달라지는 문제이기 때문에 명확하게 어느 쪽이라고 말할 수 없는 경우도 많다. 주어 충전형 술어가 동시에 플롯을 전진시키는 일이 있는가 하면, 플롯 전진형 술어가 주어가 된 인물의 성격을 더할 수 없이 정확하게 표현해주는 일도 있다.

참고로 인물이 주어가 아닌 경우에라도 술어의 두 가지 구분은 얼마든지 응용할 수 있다.

플롯의 전진에 기여하는 상황 설명적인 기술인 경우, 혹은 주어를 충전함으로써 바깥쪽에서 간접적으로 어떤 환경에 처한 등장인물에게 영향을 미치려고 하는 경우 등이다.

아름다운 풍경 묘사는 독자에게 플롯의 전진을 잠시 잊고 거기에 계속 머물고 싶다는 느낌을 갖게 할 수도 있지만, 따분한 묘사라면 오히려 장면 전개를 어서 서둘러달라는 답답한 마음이 들고 말 것이다.

이 문제에 대해서는 이사카 고타로의 『골든 슬럼버』를 다룰 때에 다시 한번 생각해보기로 하자.

⌘ 술어에 혼합되는 주어

플롯이 앞으로 나아가면서 주어 충전형 술어의 경향이 달라지는 일이 있다. 소설의 첫 부분에서는 음울하던 사람이 점점 명랑해진다. 아직 어린애 같던 인물이 서서히 믿음직한 성인으로 변해간다. 그러한 변화나 성장을 불러오는 것은 어떤 사건이나 대인관계같이 주어의 외부로부터 주어진 자극이다.

작가에 의해 주어화되고 독자에게 주어로서 인식된 알료샤라는 인물은 그다음에는 드미트리라는 별도의 주어화된 인물을 통해 다시 주어가 된다. '드미트리는 ……이다'의 술어 부분에 알료샤가 목적어로 들어가면서 대인관계 자체가 쌍방의 주어를 충전해주는 것이다. 다시 한번 『카라마조프 가의 형제들』의 문장을 인용해보자.

> 그(드미트리)는 흥분해서 알료샤 쪽으로 다가가 갑작스럽게 키스를 했다.

주어화된 드미트리의 행동은 플롯을 한 걸음 전진시키는 동시에 동생과의 관계 변화를 초래하여 그 자체로 다시 주어에 영향을 미친다. 독자는 드미트리를 그런 행동을 하는 인물이라고 생각할 것이고, 또한 그런 행동 탓에 그의 내면에 생겨날 변화를 상상한다. 그리고 여기에서 알료샤라는 주어 역시 술어를 경유해서 충전되고 있다. 이 장면은 '알료샤는 드미트리에게 키스를 당했다'라고 알료샤를 주어로 내세워 생각해볼 수도 있기 때문이다.

'주어+술어'라는 문법 형식은 우리를 둘러싼 복잡다단한 정보를 한 줄기 시간의 흐름 속에서 정리해보기 위한 방법이지만, 이를 대인관계에도 적용할 수 있다. 이 형식은 결과적으로 대인관계를 통해 변화를 겪게 된 자기 자신을 시간의 흐름 속에서 과거로부터 미래로 순서에 맞게 열거하기 위한 수단이다. 기억이 애매할 때, 우리는 잠깐 멈춰 서서 '아, 그때 내가 친구를 만났고, 그다음에 역에 아이를 데리러 나갔고……'라는 식으로 머릿속을 정리한다. '주어+술어'의 형식을 빌려 어떤 일을 시간의 축 위에 하나씩 정렬하는 것이다.

이 문제에 대해서는 실천편에서 『젊음 없는 젊음』 『사거리』 『일본문학 성쇠사』 등의 작품을 살펴볼 때 다시 언급하기로 한다.

술술 잘 읽히고 그러면서도 인물 조형에 깊이가 있는 소설은 플롯 전진형 술어 문장과 주어 충전형 술어 문장이 균형 있게 배치되어, 전체적으로 두 가지가 병행하는 문장이 바탕을 이루는 작품이다.

소설의 주안점이 어디에 있는가, 내면의 추구에 비중을 두는가 아니면 플롯의 재미를 중시하는가에 따라서도 플롯 전진형 술어와 주어 충전형 술어의 비율이 달라진다.

일반적으로, 플롯 전진형 술어에 치우치면 플롯 전개의 속도감은 증가하지만 등장인물의 복잡한 내면은 상세하게 그려내기가 어렵다. 주어 충전형 술어에 치우치면 인물 조형은 깊어질 수 있지만 그만큼 관념적으로 흐르는 경향을 보이고, 또한 플롯의 정체감停滯感이 강해진다. 물론 그 정체하는 방식에 아름다움이나 재미가 있어서 그 점을 즐기는 것 자체가 목적이 되는 일도 있다.

어떤 경우에든 적용되는 사항은, 등장한 주어에 대해 어떤 술어가 나올 것인가 하는 기대감을 지속시키는 힘이 중요하고 게다가 독자의 예상을 적당히 배반해줘야 한다는 것이다.

다음 이야기가 너무 쉽게 파악되는 것은 재미없는 소설의 대표적인 사례이다. 등장인물의 생각, 나아가 말이나 행동이 하나하나 그저 단순하고 평범해서 독자가 예상한 그대로 전개된다면, '에이, 뻔한 얘기네' 하고 실망하게 된다. 이런 작은 실망이 계속되면 마지막에 가닿게 될 '궁극의 술어'도 어차피 내가 예상한 대로 나올 거라고 일찌감치 시들해진다.

그렇다고 '작은 화살표' 다음이 매번 지나치게 엉뚱한 반전의 연속이라면 그건 그것대로 독자에게 '이건 말도 안 돼' 하는 느낌을 주어서 김이 빠져버린다. 등장인물이 살아 있는 인간이라는 실감이 들지 않아서 아무래도 감정이입을 할 수 없기 때문이다.

독자의 예상을 적절히 배반하면서도 동시에 지나치게 엉뚱한 것이 아니어야 한다. 그렇게 간을 적절히 맞춰나가는 솜씨에서 이야기꾼으로서 작가의 재능이 드러난다.

사전 구성과 즉흥성

인터뷰에서 자주 듣게 되는 질문 중에 "소설을 쓸 때 플롯을 정확히 짜둔 다음에 쓰기 시작하는가 아니면 쓰면서 생각하는가"라는 것이 있다.

널리 알려진 이야기지만, 작가 미시마 유키오[+]는 "마지막 한 행이 결정되지 않으면 소설은 쓸 수 없다"라고 항상 호언했다고 한다. 명확한 착지점을 정하고 그 방향으로 달려가는 '거대한 화살표'를 미리 그려놓은 다음에 그 선을 따라가면서 '작은 화살표'를 조정하는 스타일이다.

그에 비해 '거대한 화살표'가 최종적으로 어느 방향으로 갈지 알지 못한 채 '작은 화살표'를 차곡차곡 쌓아가는 스타일의 작가도 있다.

아마도 많은 작가들이 그 두 가지를 절충하는 방법을 쓰고 있을 것이다.

플롯을 미리 정해두면 등장인물의 행동을 나타내는 '작은 화살표'가 아무래도 위에서 모두 조정하는 것처럼 '거대한 화살표'와 지나치게 들어맞아 재미가 줄어든다. 또한 어떤 인물

+ 三島由紀夫, 1925~1970. 전후 세대의 허무주의와 탐미주의를 대표하는 소설가. 첫 장편소설 『가면의 고백』은 '이 작품을 통해 비로소 일본문학의 20세기가 시작되었다'는 찬사를 받았다. 그 밖에 주요 작품으로 『금각사』 『풍요의 바다』 등이 있다.

을 어떤 타이밍에 어떤 템포로 등장시킬지를 생각할 때, 그 들어오고 나가는 패턴이 지나치게 평이해질 우려가 있다.

그렇다고 완전히 즉흥적으로 그때그때 '작은 화살표'의 방향을 정하면 자질구레한 선에 의해 플롯이 짜여서 결말을 향해 힘차게 뻗어나가는 다이내믹한 '거대한 화살표'를 묘사하기가 힘들어진다. 또한 비현실적인 세계나 우화적인 환경 등 특이한 무대 설정이 필요한 경우에는 그것을 설명할 타이밍을 그때그때 조절하기가 힘들기 때문에 사전 준비가 반드시 필요하다.

앞서 기대와 배반에 대해 살펴보았지만, 배반의 재미는 이야기 전개의 가능성이 독자에게도 공평하게 열려 있어야 한다는 전제 아래서만 가능하다. 갑작스럽게 지금까지 전혀 나오지 않던 설정이 등장한다면 그 갑작스러움 자체에 반드시 의미가 있어야 한다. 그렇지 않으면 그저 작가의 머릿속에 얼핏 떠오른 생각이나 자의적인 설정이 튀어나온 것으로 간주되어 독자의 감흥을 떨어뜨리는 일이 된다.

다양한 등장인물의 '작은 화살표'가 이쪽을 가리켰다가 저쪽을 가리켰다가 하는 것처럼 보이면서도 점차 그 방향이 정해지면서 강력하게 플롯을 전진시킨다—그런 소설이 이상적이라고 한다면, 사전에 대략 그려낸 플롯을 염두에 두면서 등장인물들이 다소 날뛰는 것을 허용하고, 또한 그 날뛰는 양상이 기세를 얻는다면 마음먹고 그쪽으로 궤도를 수정하는 것도 피하지 않는다, 라는 작법이 현실적일 것이다.

소설 쓰기가 어디까지 독자와 협력하는 작업이 될 수 있을지 모르겠지만, 잡지 연재 같은 경우에는 블로그에 실리는 독자의 비평을 읽어가면서 플롯을 변경하는 일도 앞으로 더욱 많아질 것이다.

자신이 좋아하는 작가가 연재를 시작했을 때, 매회 블로그에 열정적으로 의견을 올리고 플롯까지 제안해준다면 어느 순간에 자신이 생각한 대로 이야기가 진행되는 일도 얼마든지 실제로 일어날 수 있다는 말이다.

※ 소설을 조금 더 사랑하는 방법

이 책에서는 앞서 출간한 『책을 읽는 방법』과 마찬가지로, 혹은 그 이상으로 소설의 분석적인 독서법에 많은 페이지를 할애하였다.

그에 대해, 소설이란 원래 감정의 동요를 즐기기 위해 읽는 것이므로 이런저런 생각을 하기보다 우선 느끼는 것이 중요한 게 아닌가 하는 의문을 품는 사람도 있을 것이다.

기본적으로는 나도 똑같은 의견이다. 내가 어떤 소설을 읽을 때는 역시 감동하면서 읽고 싶고, 독자분들이 내 소설을 읽어주실 때는 더욱더 그렇게 되기를 바라고 있다.

다만 이런 식으로 생각할 때도 있다.

앞서 틴베르헌의 네 가지 질문에 대해서 이야기할 때도 예로 들었듯이, 소설을 정원의 잔디밭을 뛰어다니는 한 마리의 강아지 같은 것이라고 상상해보자.

우리는 그 생생하게 약동하는 다리와 몸을 아름답다고 느끼고 윤기 있는 털에 매료되고 친근하게 멍멍 짖으며 다가드는 행동에 애착을 느끼지만, 그것은 누가 가르쳐준 감정이 아니고 또한 누구도 가르칠 수 없는 감정일 것이다.

그런데 몸이 어떤 구조이기에 강아지는 저렇게 민첩하게 달릴 수 있을까? 어떤 동물이 진화해서 이런 모습이 되었을까? 처음 데려왔을 때는 비척비척 걸음을 뗐는데 어떻게 이토록 늠름해졌을까? 이따금 내보이는 뭔가를 채근하는 듯한 저 몸짓은 실제로는 어떤 뜻일까?

그런 여러 가지 문제를 생각해보고 누군가에게 물어보거나 조사해보는 일도 가능할 것이다. 그리고 그것을 파악하게 되면 그저 바라보고 함께 어울리고 귀여워할 때와는 또다른, 좀 더 깊이 있는 이해를 바탕으로 강아지와 새로운 관계를 시작할 수 있을 것이다.

소설도 마찬가지다.

어떻게 하면 소설을 읽고 감동할 수 있을까? 소설을 사랑하는 방법은 무엇인가?

유감스럽게도 그것을 자세히 설명하기는 어렵다. 어떤 강아지를 좋아하는가, 그리고 애초에 강아지를 좋아하는가 아닌가 하는 논의와 비슷해서, 이는 결국 자발적인 일이고 각자에게도 어떤 소설을 사랑할 수 있는 타이밍이 있는 것이다. 어렸을 때는 전혀 재미없게 느껴지던 소설이 갑작스럽게 내게 소중한 것으로 다가오는 일이 있는가 하면 그 반대의 경우도 있을 것이다.

그래도 소설이라는 것이 어떤 식으로 움직이고 어떤 발전을 이루어왔으며, 한 작가의 작품이 어떤 식으로 성장해가고 또한 그것이 우리에게 어떤 영향을 끼치는가 하는 질문에 대해 대답할 수단이 있고 그것을 잘 알게 되면 소설을 사랑하는 방법이 변화하는 일도 있을 것이다.

앞서 출간한 『책을 읽는 방법』의 실천편에서는 나쓰메 소세키, 모리 오가이 같은 정통파 작가의 작품을 중심으로 논의했지만, 이번에는 기본적으로 현재 활발하게 작품을 발표하는 작가의 작품을 살펴보기로 했다.

다양한 유형의 소설을 함께 살펴보는 이 경험을 통해 각자 좋아하는 소설을 좀더 깊이 있게 이해할 수 있기를 바라는 마음이다.

제 2 부

어디를 바라보고, 무엇을 이야기하는가

—실천편

폴 오스터의 『뉴욕 3부작』 중 「유령들」

폴 오스터Paul Auster, 1947~는 1980년대에 미국 문단에 등장하여 이윽고 전 세계에 수많은 독자를 갖게 된 소설가로, 이 작품은 이른바 포스트모던 문학으로 분류되어 있다.

현대 미국의 포스트모던 문학이라면 토머스 핀천[+]처럼 장대하고 난해한 소설을 떠올리는 사람이 많겠지만, 폴 오스터

[+] Thomas Pynchon, 1937~. 코넬 대학에서 물리학과 영문학을 수학하였다. 포스트모더니즘 문학의 대표 작가로, 포크너상을 수상한 『브이』와 퓰리처상 후보에 오른 『중력의 무지개』를 비롯하여 SF, 만화, 블랙유머, 고딕로망 등의 요소가 담긴 기이한 내용의 책으로 평단의 주목을 받았다.

는 그런 의미에서는 무척 접근하기 쉬운 작가여서 미리부터 긴장하고 책을 손에 들 필요는 없다.

「유령들」은 1985년부터 1986년에 걸쳐 발표한 『뉴욕 3부작』이라는 작품 중의 하나로(「유리의 도시」 「잠겨 있는 방」과 함께 3부작이다), 폴 오스터의 출세작으로 꼽힌다.

'블루'라는 이름의 사립탐정이 '화이트'라는 사람에게 '블랙'이라는 남자를 감시해달라는 의뢰를 받고, 길 건너편 아파트에서 지시에 따라 계속 블랙을 지켜본다는 설정이다. 하지만 아무리 지켜보고 있어도 블랙이 딱히 특이한 행동을 보이지 않아서 블루는 점점 불안해지고 마침내 그의 집에 몰래 숨어들기까지 한다. 다음에 제시한 예문은 그다음 장면이다.

며칠 동안 블루는 창밖을 내다볼 생각도 하지 않는다. 자신의 생각에만 틀어박혀 지내다보니 이제 더이상 블랙이 그곳에 있다는 실감조차 나지 않는다. 연극은 이제 블루 혼자만의 것이다. 설령 어떤 의미에서는 블랙이 그 원인이었다고 해도 이미 그는 자신의 역할을 끝마쳤다. 정해진 자신의 대사를 다 말하고 무대에서 퇴장해버린 것이다. 지금 이 시점에서 블랙은 이미 블루가 받아들일 수 있는 허용 범위 밖에 존재하고 있다. 그날 밤, 블루는 블랙의 방에 침입하여 홀로 그곳에 서 있었다. 그건 말하자면 블랙의 고독의 성소聖所에 뛰어든 것이었다. 그런 경험을 거쳐온 지금, 그때의 암흑을 다시 떠올릴 때마다 블루는 거기에 자신의 고독을 대입해보지 않을 수 없었다. 그렇게 하면 블랙의 내면에 들어간다는 건 자신의 내면에 들어가는 것과 똑같은 일이었다. 그리고 일단 자신의 내면에 들어간 블루는 더 이상 다른 곳에 존재하는 자신을 상정할 수조차 없었다. 하지만 사실은 이곳이 바로 블랙이 있는 곳이다. 그것을 블루가 알지 못하고 있을 뿐.

그리고 어느 날 오후, 마치 우연한 일처럼 블루는 오랜만에 창가로 다가가 어쩌다 창문 앞에 멈춰 섰고, 말하자면 예전에 대한 그리움의 감정이 솟구쳐 커튼을 슬쩍 열고 밖을 내다본다. 그의 눈에 가장 먼저 뛰어든 것은 블랙의 모습이다—하지만 블랙은 방 안이 아니라 아파트 현관 앞에 웅크리고 앉아 블루의 방 창문을 올려다보고 있다. 그러면 놈은 이미 중단해버린 걸까? 이제 그만 끝, 이라는 뜻인가?

블루는 방 안쪽에 던져두었던 쌍안경을 집어들고 창가로 돌아온다. 그리고 블랙에게 초점을 맞추고 몇 분에 걸쳐 그의 얼굴을 관찰한다. 우선 눈, 다음에는 입, 그다음은 코, 부분부분을 하나씩 음미하는, 말하자면 일단 얼굴을 조각조각 분해하고 그것을 다시 조립하는 것이다. 그는 블랙이 떠안고 있는 깊은 슬픔에 가슴이 뭉클했다. 블루를 올려다보는 그 눈에는 어떠한 희망의 빛도 없었다. 그 모습에 저도 모르게 동정심이 샘솟는 것을 블루는 느낀다. 도로 하나 건넌 곳에 있는 외톨이 남자가 너무도 가엾다. 하지만 그런 감정은 블루에게는 번거로운 것일 뿐이다. 블루가 바라는 것은 총에 탄환을 넣고 블랙을 정확히 겨누어 그의 머리를 뚫어버릴 용기였다. 무엇이 자신을 맞혔는지조차 놈은 알지 못하리라. 바닥에 쓰러지기도 전에 벌써 천국행일 것이다. 하지만 머릿속에 그런 일련의 장면이 한바탕 흘러가자마자 블루는 그것에 진한 혐오감을 느낀다. 아니, 아니야, 그건 내가 원하는 게 아니야. 하지만 그런 걸 원하는 게 아니라면 그럼 대체 뭔가? 아직도 자꾸만 솟구치는 선한 감정을 꾹꾹 억누르면서 블루는 마음속에서 중얼거린다. 나는 그냥 혼자 있고 싶을 뿐이야, 내가 원하는 건 평안과 조용함뿐이란 말이야. 그러는 사이에 블루는 서서히 깨닫는다. 자신이 벌써 한참 동안이나 꼼짝 않고 서서, 어떻게든 블랙을 구해줄 방법이 없을지 열심히 궁리하고 있었다는 것을.

※ 왜 이런 이름을 붙였을까?

처음 한두 행을 읽고 곧바로 알 수 있지만, 이 소설은 등장인물의 이름이 모두 색깔이다.

일반적으로 등장인물에 이름을 붙일 때의 자세는 다음 두 가지일 것이다. 이름에 특별한 의미를 부여할 것인가, 아니면 되도록 무덤덤하게 흔한 이름으로 할 것인가.

기초편에서도 다뤘지만 기호를 등장인물의 이름으로 사용하는 예도 실제로 자주 볼 수 있다.

카프카의 『성』의 주인공은 K, 나쓰메 소세키의 『마음』에서 자살하는 등장인물도 K다. 왜 K라는 이름을 붙였는지에 대한 논의가 꽤 오래전부터 있었다. 카프카라는 자기 이름의 K에서 따온 것일 수도 있고, 게르만어의 특징적인 알파벳이기 때문인지도 모른다고 한다. 소세키의 경우에는 『마음』의 일본어 발음인 '고코로kokoro'에서 나왔을 수도 있고, 누군가의 이니셜인지도 모른다.

✢ 폴 오스터, 『유령들』, 신초문고, 110~112쪽. 이 부분의 한국어 번역은 『뉴욕 3부작』, 황보석 옮김, 열린책들, 2003, 292~294쪽을 참조하였다.

알파벳에서 따온 이름을 가진 등장인물을 보게 되면 대개는 직감적으로 누군가의 이름의 이니셜로 받아들이는 일이 많은 것 같다. 생략되어 있기는 하지만 실제로는 분명 고유명사에서 나왔을 거라는 생각이 드는 것이다. 가공의 인물인데도 저절로 그런 생각이 든다는 건 소설에 대해 생각할 때, 꽤 중요한 함의를 품고 있다.

오스트리아의 작가 로베르트 무질✢은 「지빠귀」라는 소설에서 그런 이니셜도 거부하고 등장인물의 이름을 'A^1, A^2'라는 기호로 쓰고 있다.

일본 소설의 경우에는 한자를 쓰기 때문에 특별한 의미를 부여하지 않으려고 해도 저절로 의미를 갖게 될 가능성이 있다. 한자가 아닌 가타카나로 표기하는 것이 그런 불필요한 의미 부여를 피하는 수단으로 쓰이기도 하지만, 오히려 더 눈에 두드러진다는 난점도 있다. 때로는 그런 이질감의 효과를 노려 일부러 가타카나 표기를 선택하는 일도 있을 것이다.

✢ Robert Musil, 1880~1942. 단편집 『합일』 『세 여인』 『생전의 유고』 등에서 객관적이고 투철한 인식을 유지하면서도 이성이나 언어를 뛰어넘는 신비한 세계를 추구했다. 1938년 나치 정권을 피해 베를린에서 스위스로 망명했다. 장편이자 미완의 대작인 『특성 없는 남자』는 나치에 의해 출판 금지처분을 받았고, 결국 완성하지 못한 채 제네바에서 사망했다.

『카라마조프 가의 형제들』에 대해 말하면서 등장인물에 대한 기술을 모두 다른 색깔로 구분해보는 것을 제안했었는데, 이 소설 「유령들」이야말로 그런 게임이 효과적일 것이다.

여기서는 작품의 일부만 예로 들었지만 전체를 읽어나가면 각 인물의 이름에 무언가 의미가 있다는 것을 서서히 깨닫게 된다.

✂ 블루와 블랙은 어떤 인간인가

「유령들」은 컬러풀한 이미지를 능숙하게 활용하여, 예문에 나오는 블랙과 블루 외에도 골드와 화이트 등의 인물을 등장시켜 실제 색깔이 작품 속에 점점이 박혀 있는 것처럼 서로 절묘한 효과를 올리고 있다. 언뜻 생각난 작은 아이디어 같은 발상이지만 읽어볼수록 신선하게 느껴진다.

인종 전시장 뉴욕을 무대로 한 소설에서 등장인물들을 색깔로 나눴다는 점도 재미있다. 피부색은 물론이고 머리카락이나 눈 색깔 등 모두 인간의 몸과 관련된 색을 사용해서, 그린이나 퍼플이라는 이름을 가진 인물은 등장하지 않는다.

참고로, 예문에 등장한 이름이 미국에서는 딱히 드문 것도 아니다. 가장 낯설게 느껴지는 'BLUE'의 경우에도 '미국에서 가장 흔한 성Most Common Surnames in the U.S.'이라는 웹사이트 http://names.mongabay.com에 1461위의 사용 빈도를 가진 이름으로 올라 있다. 또한 외국인에게는 선뜻 감이 오지 않지만, 위 사이트에 따르면 블루라는 이름은 히스패닉계가 아닌 백인과 흑인이 대부분을 차지한다. 그 밖에 'GOLD'라는 이름을 들으면 그 뿌리가 유대계일 것이라고 짐작하는 식으로, 단순한 언어유희를 뛰어넘는 공감대를 가진 이름 설정이다. 어쩌면 삼각형이나 동그라미 같은 이름을 써도 좋지 않았을까 하고 생각해볼 수도 있는데, 이와 같은 미국 이름의 경향을 알게 되면 역시 일부러 색 이름을 사용한 필연성이 느껴진다. 현실과 우화 사이에서 절묘한 균형을 잡고 있는 인상이다.

인터넷이 보급된 현대에는 작품의 배경에 쉽게 접근할 수 있다는 점도 책을 읽는 방법이 변화하게 된 이유 중의 하나일 것이다. 특히 외국문학은 예전보다 훨씬 더 접근하기가 쉬워졌다.

그날 밤, 블루는 블랙의 방에 침입하여 홀로 그곳에 서 있었다.

그건 말하자면 블랙의 고독의 성소聖所에 뛰어든 것이었다. 그런 경험을 거쳐온 지금, 그때의 암흑을 다시 떠올릴 때마다 블루는 거기에 자신의 고독을 대입해보지 않을 수 없었다.

'고독' '암흑' 같은 단어가 직접적으로 나오기 때문에 블랙이라는 이름이 이미지에서 유래했다는 것을 확인할 수 있다.

블랙이라는 이름에 의미가 있다면 블루, 화이트라는 이름에도 뭔가 의미가 있다고 짐작할 수 있다. 모든 등장인물이 색 이름을 갖고 있는데 그중에서 블랙만 특별히 의미가 강조되었다는 건 부자연스럽기 때문이다.

블루스라는 음악이 있을 정도니까 주인공 블루는 우울함을 품은 '블루한 기분'의 인물일 것이다. 실제 예로 든 장면만 봐도 그런 분위기가 충분히 전해진다.

기초편에서 작가가 자신 속의 혼돈을 정리하여 정체를 알 수 없는 그것을 '주어화'해나간다고 말했지만, 인간의 아이덴티티를 테마로 하는 이 소설에서 작가가 그 혼돈 속의 어떤 것을 색깔로 떠올린 첫 창조의 순간을 상상해보면 신비한 감동이 밀려온다.

⌘ 화살표는 두 가지 방향으로 가고 있다

주어로서 불려나온 인물의 뒤에 붙게 되는 술어를 주어 충전형과 플롯 전진형으로 나누어 생각해본다는 제안을 앞서 소개했다.

블루가 색깔을 차용한 이름이라는 건 누구라도 금세 알아볼 수 있는 만큼, 주어가 충분히 채워지고 생생하게 활동하지 않고서는 뭔가 추상적이고 확실하게 이해할 수 없는 이야기가 되기 쉽다.

두 가지 술어의 존재 방식을 격조사를 포함해서, 앞으로 향하는 화살표(→)와 되돌아가는 화살표(←)의 기호로 설명해보았다.

예문의 첫머리는 다음과 같은 문장이다.

> 며칠 동안 블루는 창밖을 내다볼 생각도 하지 않는다.

이렇게 평범한 문장을 이해하지 못하겠다는 사람은 없을 것이다.

이 문장을 방금 설명한 두 가지 화살표를 사용해서 표기해보면 다음과 같다.

❶ 블루 → 창밖을 내다볼 생각도 하지 않는다.

❷ 블루 ← 창밖을 내다볼 생각도 하지 않는다.

❶에서는 독자의 머릿속에 이제 어느 정도 그 이미지가 자리를 잡은 블루라는 주체가 전제되어 있고, 그런 그가 바깥을 내다볼 생각도 하지 않는다는 '행동'을 설명하고 있다. 화살표는 플롯의 흐름을 거스르는 일 없이 동일한 방향으로 나아가고 있다.

❷는 술어를 주어로 다시 돌려놓는 독서 방법이다. 이에 따라 지금까지 소설을 읽으면서 파악해온 블루라는 등장인물의 이미지에 다시 새로운 정보가 더해져서 그의 '내면'이나 '인물상'이 재구성된다.

'창밖을 내다볼 생각도 하지 않는다'라는 행동에서 블루의 현재 심경을 읽어낼 수 있다. 단순히 '내다보지 않는다'가 아니다. '내다볼 생각도 하지 않는다', 즉 블랙에 대한 관심을 완전히 상실한 것처럼 보이는 블루의 내면 상태를 파악하는 것이다.

❶의 독서 방법뿐만 아니라 ❷의 방법에 주목하는 것이 중요하다.

블루는 지금까지 계속 블랙을 감시해왔지만 더이상 그것을 견딜 수 없어 블랙의 방에 몰래 침입했다. 하지만 아무것도 찾아내지 못한 채 돌아왔다. 그런 일련의 돌발 행동에 대한 반성이 그 뒤에 이어진다는 것을 감안하면 여기서는 플롯을 전진시키는 화살표보다 오히려 블루 자신에게로 향하는 화살표를 의식해야 할 것이다.

플롯과 나란히 앞으로 나아가는 작은 화살표만 쫓아가다보면 '○○가 무엇을 하고 또 무엇을 했다'라는 행동의 추적으로만 끝나버려서 그런 행동을 한 ○○는 어떤 인간이며 지금 어떤 내면 상태인지 깜빡 놓치게 된다. 그래서 문득 깨닫고 보면 독자는 제때에 업데이트해주지 않은 주인공의 이미지로 소설을 한참 읽어내려간 상황을 맞닥뜨리게 된다.

항상 이 두 가지 화살표의 방향을 의식하며 읽는다면 등장인물의 행동이 많아지면 많아질수록 동시에 화살표는 주어로 되돌아가 그 인물상을 선명하게 하고 또한 깊이를 더해줄 것이다.

이 소설의 경우에도 진한 심리 묘사가 줄줄이 이어지는 것은 아니지만 사소한 행동이 차례차례 주어로 되돌아가서, 읽어나갈수록 블루의 내면이 명확해질 수 있게 이야기를 풀어내고 있다.

왜 '블루'라는 이름을 붙였는지, 독자는 차츰차츰 이해하게 될 것이다.

※ 스스로 만들어낸 타인의 모습에 휘둘린다

이 소설에서 블루는 블랙의 존재 자체를 견딜 수 없었던 것이 아니라 블랙을 지켜보면서 자기 스스로 만들어낸 그의 이미지에 시달리고 있다.

블루가 바라는 것은 총에 탄환을 넣고 블랙을 정확히 겨누어 그의 머리를 뚫어버릴 용기였다. 무엇이 자신을 맞혔는지조차 놈은 알지 못하리라. 바닥에 쓰러지기도 전에 벌써 천국행일 것이다. 하지만 머릿속에 그런 일련의 장면이 한바탕 흘러가자마자 블루는 그것에 진한 혐오감을 느낀다.

소설 전체를 통해 블루가 어떤 인간인지 이야기하고 있지만, 실은 블루의 내면에 몇 명이나 되는 인간이 존재하는 것이 보인다. '블랙적'인 부분이 있는가 하면 '화이트적'인 부분도 있다. 블랙을 총으로 쏘아 쓰러뜨리겠다고 생각하는 것은 그 자신 속의 블랙적인 부분을 총으로 쏘아버리고 싶다고 생각하는 것이고, 블루는 그렇게 생각하는 자신에 대해 혐오감을 느낀다. '블루한' 상태에서 '블랙한' 상태로 굴러떨어지는 것을 무의식중에 두려워하는 듯한 인상이다.

타인이란 어떤 존재일까. 그 존재의 어디까지가 다름 아닌 나 자신의 마음이 날조해낸 부분일까. 복잡하게 뒤엉킨 그런 내면의 모습이 묘사되어 있는 장면이다.

근대소설에서는 작가가 등장인물을 묘사할 때 그것이 등장인물의 '참모습'이었고, 독자 또한 작가가 묘사한 대로 받아들이며 읽는 경향이 강했다. 『카라마조프 가의 형제들』의 드미트리는 이러저러한 인간이라고 묘사되지만, 도스토옙스키라는 괴팍한 작가의 눈에만 그렇게 보였을 뿐, 사실은 전혀 다른 인간일 수도 있다는 등의 의심은 독자의 머릿속에 없었다. 하지만 현대소설에서는 독자 스스로의 의식을 촉구하면서 그런 차이를 아예 전제 조건으로 삼는 경향을 보이고 있다.

플롯 전진형 술어가 일일이 주어로 되돌아가 그 인물상을 업데이트해주는 것은 그런 이유 때문이다. 등장인물의 아이덴티티의 동요 자체가 중요한 테마가 되는 것이다.

그렇다고 오로지 한 사람의 등장인물에 포커스를 맞춰 주어 충전형 술어를 줄줄이 늘어놓는다면 독자는 그 답답한 정체감 때문에 숨이 막힐 것이다.

「유령들」에서는 블랙과 블루라는 인물을 한 쌍으로 등장시켜 각자의 아이덴티티 문제를 대조적으로 부각시키고 있다. 독자는 '블랙과 블루는 어떤 관계를 맺게 될까?' '블루는 결국 블랙을 죽이는 건가?'라는 흥미진진한 궁금증을 충분히 유지하면서, 술어가 주어 쪽으로 돌아가는 것을 통해 이야기를 읽어나갈 수 있다. '나라는 것은 무엇인가'라는 내적 성찰의 이야기인데도 읽는 재미 또한 확보하고 있다. 그리고 블루의 내면이 어디까지나 블랙과의 관계를 통해서만 묘사된다는 점에도 주의하자. 다른 인간과의 관계 속에서 블루에 대한 술어가 어떻게 변화하는지를 살펴보면 상대에 따라 주어가 충전되는 방식이 달라짐을 알 수 있다. 그것이 바로 '영향'이다.

※ 작가의 의도를 생각하면서 읽는다

「유령들」의 작가 폴 오스터는 젊은 시절에 멕시코의 석유회사에서 근무했다거나 파리에서 다양한 직업을 전전했다는, 요즘 식으로 말하면 '자아 찾기'를 위한 방황의 시기가 있었다고 한다.

왜 이런 소설을 썼는지를 생각해보는 것은 소설을 통해 작가의 목소리에 귀를 기울이는 일이고, 또한 그런 작가의 목소리에 나의 의견을 내밀어보는 계기가 되기도 한다.

- 왜 작가는 블루와 블랙을 대립하게 했는가.
- 왜 작가는 블루를 블랙의 방에 몰래 침입하게 했는가.
- 왜 작가는 블루가 블랙을 총으로 살해하게 하려는 것인가.

독자는 플롯의 '거대한 화살표'를 따라 읽어나가게 되지만, 작가가 어째서 그쪽으로 우리를 유도하는지 곰곰 생각해보는 데 큰 의미가 있다. 이는 작가의 유도에 고분고분 순종하는 것에서 한 발짝 더 깊이 들어가는 적극적인 독서 자세이다.

『뉴욕 3부작』 중에서도 「유령들」에 감도는 도시생활자의 고독감은 독특한 맛을 풍긴다. 제목에서부터 안개처럼 부유하는 인간의 상태를 단적으로 표현하고 있지만, 예문에는 다음과 같은 묘사가 있다.

> 그건 말하자면 블랙의 고독의 성소聖所에 뛰어든 짓이었다. (……) 블루는 거기에 자신의 고독을 대입해보지 않을 수 없었다.

'고독'이라는 것은 단순히 나 홀로 존재한다는 의미일까. 아니면 내가 있고 타인이 있는데 그 둘 사이의 관계를 제대로 구축할 수 없는 상태를 말하는 걸까.

현대 도시생활에서는 원룸에서 독신으로 산다고 해도 나 혼자 뚝 떨어져 사는 것이 아니다. 한 동에 400가구나 되는 경우도 많아서, 벽 하나 건너 양옆에 각각 주민이 살고 있다.

하지만 어쩌다 서로 마주치는 일은 있어도 어떤 사람인지 전혀 알지 못하는 경우가 대부분이라서 관계성이 몹시 희박하다. 더구나 대도시에서는 고립되었기 때문이라기보다 관계가 제대로 구축되지 않는 경우가 지방보다 압도적으로 많기 때문에 훨씬 더 '고독'을 느끼는 것인지도 모른다. '성소'라는 말은 그런 정황을 정확하게 포착하고 있다. 또한 그런 고독에 따른 무관계의 공감을 "자신의 고독을 대입해보지 않을 수 없었다"라고 표현하고 있다.

서로 상대방에 대해 잘 알지 못하기 때문에 혼자서 마음대로 이런저런 이미지를 만들고, 그 이미지에 스스로 시달리는 일이 있는가 하면 때로는 위로를 받기도 한다. 옆집 사람은 똑같은 원룸에서 사는데도 나보다 훨씬 행복해 보인다, 라고 질투심을 품는 일이 있는가 하면, 길 건너 원룸에 사는 사람을 내 마음대로 고독한 사람이라고 상상하며 동질감을 품는 일도 있다. '주어화'된 이웃을 일방적으로 자신의 술어 속에 끼워맞추는 것이다.

이 소설의 작가 또한 이런 현대를 함께 살아간다는 것이 작고한 작가가 아닌 동시대 작가의 작품을 읽는 즐거움의 하나이다.

타인과 관계를 구축하기가 어려운 현대인의 고민과 고독감을 블랙, 블루, 화이트, 골드라는 색깔의 연출로 솜씨 있게 묘사해낸 것이 「유령들」이라는 소설이다.

문체 또한 능수능란하고 탄탄한 문장이라기보다 어딘지 소박하고 힘을 뺀 분위기여서 큰 효과를 거두고 있다.

✕ 부조리를 이해한다

주인공 블루는 계속 블랙을 감시하면서, 그를 총으로 살해하고 싶을 만큼 불안에 내몰린다. 그렇게 괴롭다면 탐정 일을 그만두고 다른 곳으로 가버리면 되는 거 아니냐고 생각할 수 있다. 블랙을 총으로 저격하는 험악한 짓을 하지 않더라도 그 불안을 해소할 길은 얼마든지 있을 것이다. 애초에 블랙의 이미지는 블루가 마음대로 만들어낸 것에 지나지 않는다.

하지만 인간은 언어로 하나의 이미지를 만들어내고 스스로 그 안에 관계를 만들어버리면 쉽게 빠져나오지 못하는 경우가 있다. 쉬운 예를 들자면 사랑이 그렇다. 정말로 좋아하는 사람이 생겼지만 도저히 맺어지지 못할 상황일 때, 주위에서 그 여자 말고도 이 세상에 여자들이 차고 넘친다, 그 남자 말고도 이 세상에 남자가 차고 넘친다, 라고 아무리 말해봤자, 그런 합리적인 이론에서는 쉽게 구원을 찾지 못하는 것이 인간의 서글픈 속성이다.

학교에서 따돌림을 당해 자살을 하거나 살인을 했다는 뉴스를 들으면 아마도 많은 사람들이 똑같은 생각을 할 것이다.

따돌림을 당해 힘들었다는 건 이해하겠다. 하지만 왜 하필 자살이나 살인 같은 극단적인 짓을 선택하는가. 그 밖에도 좀 더 바람직한 방법이 얼마든지 있었을 것이다. 이를테면 학교에 가지 않거나 전학을 할 수도 있고, 뭔가 다른 선택을 할 수도 있었지 않은가.

블랙에 대한 블루의 태도를 통해 알게 되는 것은 학교에서의 따돌림처럼 실체도 없고 날조된 듯한 관계성에서조차 인간은 그 그물망에서 벗어나지 못한다는 부조리다. 그런 상태에 떨어지면 인간은 상대와의 관계성을 완전히 망가뜨리는 것 말고는 거기에서 빠져나올 길이 없겠구나, 하는 실감이 들기 시작한다. 그 구속의 도구가 바로 언어인 것이다. '주어+술어'라는 형식 속에 끼워맞춘 타자와의 관계성 자체가 결국 주어를 충전한다는 기초편의 이야기를 다시 떠올려보자.

블루가 냉큼 다른 곳으로 옮겨가면 일이 해결될 것이라는 합리적인 발상에 대해, 작가가 제시하는 플롯의 화살표는 왜 그쪽으로 향하지 않았는지 곰곰 생각해본다면 이 소설을 좀더 깊이 있게 이해할 수 있을 것이다.

✂ 작가와 근접한 말인가, 등장인물과 근접한 말인가

소설 속에는 작가의 말인지 등장인물의 말인지 얼른 알 수 없는 문장이 많다. 등장인물의 말로 표현하고 싶다면 따옴표로 표기해주는 방법을 쓰면 될 텐데, 그런 따옴표 없이 애매한 문장이 있는 것이다. 이 소설에서는 다음 문장이 그런 경우에 해당된다.

연극은 이제 블루 혼자만의 것이다.

이 문장은 등장인물인 블루가 그렇게 느꼈다는 것인지, 아니면 작가가 그렇게 설정한 것인지 애매해서 양쪽 모두로 해석될 수 있다. 또한 앞서 말한 술어의 두 가지 분류에 따라 주어 충전형으로 읽으면 상황상 '연극'이 블루 혼자만의 것으로 짜여 있다는 설명으로 읽힌다. 하지만 플롯 전진형으로 읽으면 블루 혼자인 상태로 '연극'이 진전되고 있다는 설명이다. 미묘하긴 하지만, 그 차이를 알 수 있을 것이다.

소설을 쓸 때는 시점을 고정하느냐 하지 않느냐 두 가지 선택의 길이 있다.

시점을 고정하는 소설은 일인칭이건 삼인칭이건 기본적으로 주인공의 시점에서 써내려가는 것이다. 이를테면 A가 주인공인 소설에서는 A의 시선에서 바라본 세계가 묘사된다. 그래서 A가 어떻게 생각했는지, A가 어떻게 느꼈는지를 이야기하게 된다. 시점이 등장인물로 고정되어 있기 때문에 당연히 다른 등장인물의 내면에 대한 내용은 상상일 뿐이고, 또한 작가가 주인공과 밀착되어 있기 때문에 어디까지가 주인공의 목소리이고 어디서부터가 작가의 목소리인지 구분할 수 없다.

그에 비해 시점을 고정하지 않는 소설은 각 등장인물의 내면에 자유자재로 들락날락하기 때문에 장면에 따라서 A, B, C 각자의 시점에서 바라본 세계와 그 심경을 이야기하게 된다. 정보량이 부쩍 불어나는 만큼 작가의 편집 능력이 강조되어 시점이 고정되어 있을 때보다 더 큰 능력을 발휘하지 않으면 다양한 인물들을 컨트롤하지 못하는 것처럼 느껴진다.

「유령들」은 기본적으로 주인공 블루의 시점으로 고정되어 있다. 하지만 완전히 고정된 것은 아니어서 군데군데 그에게서 약간 거리를 두고 작가의 시점이 얼핏얼핏 얼굴을 내민다.

하지만 사실은 이곳이 바로 블랙이 있는 곳이다. 그것을 블루가 알지 못하고 있을 뿐.

이 문장은 작가가 객관적으로 상황을 설명하고 있다. 조금 전의 "연극은 이제 블루 혼자만의 것이다"라는 문장은 작가의 말인지 블루의 말인지 약간 애매하지만, "그것을 블루가 알지 못하고 있을 뿐"이라는 부분은 블루와는 좀더 거리를 두고 바라본 작가의 시점에서 나온 문장이다.

이처럼 소설의 시점이 고정되어 있느냐 아니냐 하는 분류와는 별도로, 작가의 시점이 등장인물과 정확히 합치하는지, 아니면 약간 거리를 두고 있는지, 혹은 상당히 거리를 두고 있는지 그 거리감을 파악하는 데도 주의가 필요하다. 그 폭을 의식하면서 읽으면 소설의 움직임을 원근감을 갖고 좀더 명확하게 파악할 수 있다.

※ 겉모습을 응시하는 눈

등장인물의 모습에 대한 묘사도 역시 시점과 관련이 있다. 예전에 발자크의 소설에서는 장장 몇 페이지에 걸쳐 작가가 등장인물의 얼굴을 묘사하기도 했지만, 블루가 블랙의 얼굴을 묘사하는 장면은 그것이 얼마나 관찰자가 품은 이미지에 좌우되는 것인지 매우 깔끔하게 보여주고 있다.

블루는 방 안쪽에 던져두었던 쌍안경을 집어들고 창가로 돌아온다. 그리고 블랙에게 초점을 맞추고 몇 분에 걸쳐 그의 얼굴을 관찰한다. 우선 눈, 다음에는 입, 그다음은 코, 부분부분을 하나씩 음미하는, 말하자면 일단 얼굴을 조각조각 분해하고 그것을 다시 조립하는 것이다.

상대의 모습을 다시 조립하는 것은 어디까지나 관찰자다.

블랙이라는 이름의 등장인물은 자칫하면 현실감을 잃을 수 있었지만, 그 생김새가 관찰자에 따라 달라진다는, 개체의 존재를 당연한 일처럼 전제하는 문장이어서, 리얼리티를 빚어내기 위해 세부를 채우는 것과는 또다른 접근으로써 등장인물에 실재감을 부여한다. 상당히 쿨한 처리 방식이다.

※ 블랙은 깊은 슬픔을 지니고 있는가?

그는 블랙이 떠안고 있는 깊은 슬픔에 가슴이 뭉클했다.

되풀이해서 하는 이야기지만, 다시 한번 확인해두자.

주어 '그'라는 것은 블루를 가리키는 말이다. 블랙이 깊은 슬픔을 떠안고 있다고 판단한 것은 블루이고, 실제로 블랙이 슬픔을 떠안고 있는지 어떤지는 알 수 없다. 블랙의 표정이나 집 안의 상황을 보고서 그가 깊은 슬픔을 떠안고 있다고 블루가 짐작한 것에 지나지 않는다.

그다음에 이어지는 "블루를 올려다보는 그 눈에는 어떠한 희망의 빛도 없었다"라는 문장도 실은 블루가 블랙의 눈을 보고 그렇게 느꼈을 뿐이다. 만일 요즘 여자친구가 생겨 행복에 젖어 있는 사람이 그 길을 지나갔다면 그의 눈에는 현관 앞에 앉아 있는 블랙이 그저 따분해하는 것처럼 보였을 수도 있고 배가 고픈 것처럼 보였을 수도 있다.

이 소설에서는 이런 식으로, 블랙이라는 고유명사를 채워나가는 술어가 오로지 블루라는 인물이 자의적으로 생각한 말들로 이루어진다.

한 인간을 '정보원情報源'과 '정보'라는 형태로 구분해서 생각해보자. '정보원'으로서의 개인 그 자체에 대해서는 어느 누구도 가타부타 말을 할 수 없다. 우리가 가타부타하는 건 어디까지나 그 '정보원'을 인식한 관찰자에 의한 '정보'일 뿐이다. 당신은 ○○한 사람이고 ××한 사람이고 ㅁㅁ한 사람이다, 라고 아무리 언어(정보)를 쌓아올려도 결코 그 당신이라는 사람(정보원) 자체와는 정확히 합치되지 않는다. 하지만 우리가 누군가와 관계를 구축할 때는 결국 그 '정보'를 상대로 하는 수밖에 없다. '정보원'인 그 사람의 모든 것을 남김없이 알 도리가 없기 때문에 내가 인식할 수 있고 나 자신의 언어로 정리할 수 있는 그 사람의 이미지와 마주할 수밖에 없는 것이다.

「유령들」은 인간관계의 그러한 간극을 매우 효과적으로 묘사해낸 소설이다.

와타야 리사의 『발로 차주고 싶은 등짝』

『책을 읽는 방법』에서 가네하라 히토미의 『뱀에게 피어싱』을 살펴봤지만, 마찬가지로 아쿠타가와상을 수상하면서 큰 화제를 몰고 왔던 작품이 바로 와타야 리사綿矢りさ, 1984~의 『발로 차주고 싶은 등짝』이다.

이 소설은 2000년 무렵 고등학생의 생활을 다루었다. 하지만 뒷부분에서 다룰 동시대 작품 『연공戀空』과는 달리, 휴대전화도 문자메시지도 거의 나오지 않는다. 이 소설의 등장인물이 전화를 할 때는 주로 집 전화를 사용한다. 휴대전화나 문자의 사용을 당연한 일로 여기는 요즘 고등학생의 시선으로 본다면 적잖이 고풍스러운 인상을 품을 수도 있겠지만, 문학은 어떤 방식으로 고풍스러운가 하는 것도 한 시대의 '증언'으로서 큰 가치가 있다.

한편으로 『인스톨』이라는 소설을 발표한 것을 보면 이 작가가 현대의 미디어 환경 변화에 둔감하다는 비판은 부적절한 것이다. 이 소설이 지닌 신선하면서도 어딘가 우아한 분위기 속에 그런 옛것에 대한 그리움이라는 설정이 살아 숨 쉬는 것이 아닌가 싶다.

주요한 등장인물은 세 사람이다. 주인공인 여고생 '하츠', 그녀와 중학교 때부터 친하게 지낸 친구 '기누요', 그리고 하츠의 마음이 쏠리는 남학생 '니나가와'.

주인공 하츠의 마음이 다양한 인간관계 속에서 흔들리는 모습이 묘사되어 있다.

하츠는 매사에 반 친구들과 보조를 맞추며 살아가야 한다는 것에 큰 저항감을 느낀다. 그렇다고 친구들과 뚝 떨어져 폐쇄된 세계에 틀어박히는 것도 싫다. 집단에 소속되고 싶은 마음과 나 혼자만의 세계를 지키고 싶은 마음, 그 두 가지 세계 사이에서 흔들리는 심경을 꼼꼼하게 그려나간다.

학교 친구들과 아무 문제도 없이 잘 어울리는 대표적인 예가 '기누요'다. 그런 기누요 너머에는 같은 반 친구들이라는 거대한 집단이 이어져 있다. 그리고 그 대극점에 있는 사람이 '오타쿠' 남학생 '니나가와'다. 니나가와는 교실 안에 형성된 그룹 집단에서 철저히 소외된 존재다.

하츠는 니나가와에게 마음이 끌리기는 하지만 오타쿠의 세계에 합류하는 것을 망설이고 있다. 예문은 그런 장면이다.

"방금 걔, 니나가와지?"

등 뒤에서 갑자기 날아든 소리에 깜짝 놀라 돌아보니 기누요가 호기심 가득한 얼굴로 서 있었다.

"결국 걔네 집에 갔었어?"

"응."

"진짜? 그럼 혹시 너한테 사랑 고백을?"

조금 전에 그토록 심통을 부린 나한테 이렇게 금방 상냥하게 말을 걸어주는 기누요가 정말 좋다고 생각했다.

"전혀. 나, 중학교 때 어떤 모델이랑 만난 적 있었잖아?"

"아, 옛날에 얘기한 적 있었어. 어떤 대형마트에서 만났다고 했지?"

"그래. 근데 마침 니나가와가 그 모델의 팬이었나봐. 어디서 만났는지 가르쳐달라는 거야."

"뭐?! 어디서 만났는지 가르쳐달라니, 옛날에 만났던 곳에 가봤자 이제 그 사람은 없을 거 아냐."

"응."

"참내, 오타쿠 증세가 너무 심하네."

"……응."

말하지 않는 게 좋았을지도. 기누요는 니나가와를 바보로 취급하며 떠들고 다닐 아이는 아니니까 그 점은 염려할 필요 없겠지만, 올리짱 일은 나와 니나가와 둘만의 이야기였는데.

"기누요, 넌 어때?"

"뭐가?"

"그 그룹이랑 계속 어울려 다닐 생각이야? 걔네들 벌써 이상한 별명 붙은 거 알지? 외모들이 개성적이라 별명 짓기도 쉬웠나봐."

왜 나한테서 떠났어? 라는 가식 없는 질문을 솔직하게 던질 용기는 없었다. 빈정거려주는 게 더 쉬우니까 항상 그쪽으로 도망치게 된다.

"별명 얘기는 하지 말아줘. 다들 그것 때문에 신경이 곤두서 있으니까."

"감싸주네?"

"친구들이잖아, 당연하지."

친구들, 이라는 말이 와사비처럼 코에 찡하게 퍼졌다. 그 찡한 느낌을 몰아내듯이 흥 코웃음을 쳤다.

"난 중학교 때만으로도 진절머리가 난다. 친구 같은 거."

"하츠, 넌 너무 극단적이야. 애들이랑 깊이 사귀진 않더라도 일단 같이 있으면 좋잖아."

"그것도 난 못해. 중학교 때 꾹꾹 참았던 게 한꺼번에 폭발한 건가?"

"……참았던 거였구나. 우리가 같이 보낸 시간."

기누요가 섭섭한 듯 중얼거렸기 때문에 나는 당황해서 얼른 덧붙였다.

"넌 잘 웃고 맞장구도 쳐주고 아무튼 대꾸를 잘해줬으니까 내가 굳이 참아야 할 것도 없었어. 근데 우리 그룹의 다른 애들, 욧짱이나 야스다 같은 애들은 노상 입 꾹 다물고 졸린 사람처럼 얘기를 듣기만 했잖아. 그건 진짜 힘들었어."

그때는 하루하루 얘깃거리를 찾기 위해 살아가는 것만 같았다. 아무튼 분위기가 '썰렁'해질까봐서 보트에 새어드는 차가운 침묵의 물을, 별것도 아닌 일들을 낱낱이 보고하는 걸로 허둥지둥 틀어막곤 했다. 나, 손가락 조금 다쳤어, 어제 본 텔레비전, 재미있었어, 오늘 아침에 금붕어가 죽었어…… 하루 동안 있었던 일을 모조리 이야기해도 모자라서 침묵의 물은 다시 스멀스멀 스며들었다.

"하츠, 넌 언제나 한꺼번에 이야기를 쏟아놓지? 그것도 듣는 사람이 듣는 역할밖에 할 수 없는 자기 얘기만. 그러면 듣는 쪽은 맞장구치는 것 말곤 할 게 없잖아. 일방적으로 얘기하지 말고 대화를 하면 침묵 따위는 생기지 않아. 혹시 생기더라도 그건 자연스런 침묵이니까 괜히 초조해할 것도 없고."

기누요가 타이르듯이 말했다. 다른 사람과의 커뮤니케이션 방법을 같은 나이의 친구에게서 배우다니, 그야말로 귀를 틀어막고 싶을 만큼 창피했다.

"됐거든?"

벗은 실내화를 집어들고 나는 빠른 걸음으로 체육관 출구로 향했다.✣

✣ 와타야 리사, 『발로 차주고 싶은 등짝』, 가와데문고, 95~99쪽. 이 부분의 한국어 번역은 『발로 차주고 싶은 등짝』, 정유리 옮김, 황매, 2004, 84~87쪽을 참조하였다.

※ 고등학생의 리얼한 말로 표현되어 있다

소설에는 지문과 대화문이 있다. 지문이 근대문학을 비롯한 과거 소설의 영향을 받고 있는 것처럼 대화문에서도 역시 그 흔적을 찾아볼 수 있다.

남성 작가가 쓴 젊은 여자들의 대화문에서 약간 어색한, 요즘에는 아무도 쓰지 않는 구어체 표현을 간간이 맞닥뜨리기도 하는데, 이 소설은 리얼리티가 살아 있는 싱싱한 현장 언어로 고등학생들의 대화를 묘사하고 있다.

물론 그 나이 또래의 고등학생들이 모두 이런 말투를 쓴다는 것은 아니고, 함께 어울리는 친구들에 따라 상당한 차이가 있을 것이다.

> "뭐?! 어디서 만났는지 가르쳐달라니, 옛날에 만났던 곳에 가봤자 이제 그 사람은 없을 거 아냐."
>
> "응."
>
> "참내, 오타쿠 증세가 너무 심하네."
>
> "……응."

등장인물의 이름은 가타카나 표기나 히라가나 표기를 섞어 별명으로 불리고, 대화체를 그대로 옮겨쓴 데다 고등학교라는 커뮤니티의 특수성이 강조되어 있다. '니나가와'라는 이름은 딱히 특별한 의미가 있는 것은 아니지만, 글자도 그렇고 어감도 그렇고 어딘지 야무진 맛이 없는 이름이라는 느낌이 든다. 이것은 작가의 언어 감각의 산물일 것이다.

니나가와는 '올리짱'이라는 모델의 팬인데, 이 '올리짱'을 주인공 하츠가 우연히 대형마트에서 만난 적이 있다는 것을 알고 갑작스레 하츠에게 관심을 보인다.

"니나가와가 그 모델의 팬이었나봐. 어디서 만났는지 가르쳐달라는 거야."

하츠가 니나가와에 대해 말한 이 문장의 술어는 플롯을 전진시키는 행동이면서도 니나가와라는 주어를 지나칠 만큼 충분히 충전해주고 있다. "참내, 오타쿠 증세가 너무 심하네"라는 말은 그에 대한 기누요의 반응이다.

처음에 미디어 환경의 변화에 대해 언급했지만, 매스미디어상의 '정보'를 수집해서 실제 '정보원'인 '올리짱'의 부재를 메우기 위해 온갖 열성을 보이는 니나가와의 모습은 아이돌 오타쿠의 전형적인 모습으로 그려지고 있다. 그와 대비되듯이 실제로 얼굴을 마주하고 정보원인 같은 반 친구들과 항상 쌍방향의 커뮤니케이션을 통해 정보를 업데이트하고 있는 인물이 기누요다.

양자의 대비가 주인공이 살아가는 세계의 기본적인 구조다.

⌘ 커뮤니케이션이 원활하지 않다

"기누요, 넌 어때?"

"뭐가?"

"그 그룹이랑 계속 어울려 다닐 생각이야? 걔네들 벌써 이상한 별명 붙은 거 알지? 외모들이 개성적이라 별명 짓기도 쉬웠나 봐."

니나가와가 살아가는 세계는 대면 커뮤니케이션에서 철저히 차단된 '오타쿠'의 세계다. 그가 '올리짱'에 대한 정보를 아무리 많이 수집하더라도 기본적으로 그것은 블루가 블랙에 대해 자신의 생각으로 모조리 채워넣은 것과 똑같은 일이다.

한편, 기누요가 살아가는 '그 그룹'이라는 곳은 쌍방향적인 대면 커뮤니케이션이 가능한 세계다. 주인공 하츠는 니나가와의 세계에는 가고 싶지 않지만, 기누요의 '그 그룹'에 대해서도 뭔가 껄끄러운 느낌을 품고 있다.

'그 그룹'을 쌍방향적인 커뮤니케이션의 장이라고 하고, 거기에서부터 단계별로 커뮤니케이션의 정도를 표시해보면 '그룹에 푹 빠져 있는 친구들→잘 적응하는 기누요→미처 적응하지 못하는 하츠→쌍방향적 커뮤니케이션을 거부하고 매스미디어에서 일방적으로 건네주는 정보의 수신자로 만족하는 니나가와'라는 도식이 그려질 것이다.

왜 나한테서 떠났어? 라는 가식 없는 질문을 솔직하게 던질 용기는 없었다. 빈정거려주는 게 더 쉬우니까 항상 그쪽으로 도망치게 된다.

이 대목은 기누요를 향해 하는 말과 마음속의 '정말로 하고 싶었던 말'이 서로 다르다는 것을 하츠가 자각하는 장면이지만, 커뮤니티와 그 외부와의 경계선은 이렇듯 개인의 내면까지 침범하고 있다. 마침 이 소설이 발표되던 무렵부터 인터넷의 블로그라는 공간이 커뮤니티의 외부로 밀려난 이런 이들의 발언을 받아주는 곳으로서 매우 빠른 속도로 그 기능을 떠맡게 되었다.

요즘 같으면 하츠가 집에 돌아가 자신의 블로그에 '왜 나한테서 떠났어? 라는 말을 차마 하지 못했다. OTL'이라고 써넣을 만한 장면이다.

비유의 힘이 이미지를 부풀린다

작가 다카하시 겐이치로는 어느 대담에서, 와타야 리사의 문장에는 특히 직유가 많다고 말했다. '……같이, ……처럼, ……듯이'라는 표현은 지나치게 문어체의 냄새를 풍긴다고 해서 한때 다들 멀리했다는 것이 다카하시의 지적이었지만, 여기서 예로 든 글에서는 그 사용법이 매우 자연스럽다.

친구들, 이라는 말이 와사비처럼 코에 찡하게 퍼졌다. 그 찡한 느낌을 몰아내듯이 흥 코웃음을 쳤다.

'……듯이'는 아닌 게 아니라 문어체의 냄새가 강한지도 모르지만, '……처럼'은 구어체로 일상생활에서 빈번하게 쓰이고 있다. 오히려 그 빈도는 점점 더 늘어나는 것처럼 보인다.

비유라는 것은 인간 뇌의 정보처리 시스템의 착각을 교묘하게 활용하는 기법일 것이다.

낯선 정보를 만나게 되면 우리는 그것을 처리할 밑바탕이 없는 상태다. 그래서 이미 알고 있는 비슷한 정보로 우회해서, 말하자면 착각을 이용해 처리하는 것이 비유다.

정체를 알 수 없는 하얗고 둥근 것에 대해 누군가 아무리 열심히 설명해도 사람들은 그것을 얼른 이미지로 떠올릴 수 없다. 하지만 '달걀같이 생겼다'라고 하면, 이미 저장되어 있는 달걀이라는 정보와 비슷한 물체로서 동일시가 이루어지면서 그 둥근 물체를 구체적인 상으로 떠올리고, 정보로서 받아들일 자리를 내 안에 열어둘 수 있다. 완전히 동일한 것은 아니지만 비슷한 이미지의 뭔가를 끌어다가 낯선 것을 쉽게 파악하게 하기 위한 수단, 그것이 비유다.

소설에서는, 언어로 표현하기 어려운 것일수록 더욱더 독자에게 이해시키지 않으면 안 된다. 소설이라는 장르에서 비유가 특히 요긴하게 쓰이는 것은 당연한 일이다.

반대로 비유에 사용되는 이미지가 기묘한 것이라면 뇌는 지금까지 알고 있던 것을 그 기묘한 이미지와 혼동해서 취급하게 된다. 이런 기법을 '낯설게 하기'라고 한다.

비유에 사용되는 이미지는 정보 발신자와 수신자 사이에 공유되는 것이 아니면 안 된다.

요즘의 여고생 커뮤니티에 속하지 않은 수많은 독자에게 하츠의 이때 심경은 낯선 정보일 것이다. 하지만 와사비의 이미지는 그 커뮤니티의 외부에 있는 사람도 공유하고 있는 것이다. 그것이 '그쪽 세계는 아예 모른다'는 벽을 뛰어넘게 하는 유효한 수단이 되고 있다.

⌘ 학원소설 특유의 소외감

주인공 하츠가 '그 그룹'에 참여하기를 망설이는 이유는 이 커뮤니티가 참여자에게 기대하는 '합당한 모습'에 대해 이질감을 느꼈기 때문이다.

'친구'라면 반드시 이러저러해야 한다는 암묵적인 규약을 믿고 따르는 것에 그녀는 반발하고 있다.

이 점에 대해 기누요는, 진심으로 믿지는 않더라도 '우선은 함께'라는 정도의 자세를 보이면 괜찮다는 사고방식을 갖고 있다.

작가 와타야 리사의 인물 조형이 중요한 것은, 커뮤니티라는 집단이 무너지는 일 없이 유지되는 까닭은 하츠가 생각하듯이 가치관을 공유하는 사람들의 강한 결속 때문이 아니라, 실은 기누요처럼 어중간한 태도를 가진 사람들이 참여하고 있기 때문임을 보여준다는 점이다.

하츠는 '그 그룹'의 중심에서 이탈한 것이 아니라 애매하게 관계를 이어가고 있는 사람들의 층에서 이탈한 것이고, 하츠의 문제는 자신이 그 애매한 사람들 속으로 복귀할 수 있는가, 하는 것이다.

이 문제는 학교라는 커뮤니티를 일반 사회와 비교해서 생각해보면 매우 흥미롭다.

'사회에서는 이런 식으로 행동해야 한다.'

'모두에게 사랑받는 처세법.'

'잘나가는 사람은 이렇게 처신한다.'

일반 사회에서도 요즘처럼 커뮤니케이션 스킬이 강조되는 시대는 없었다. 사회의 일원이기 위해서는 어쩔 수 없이 사회적인 코드에 적합한 사람이 되지 않으면 안 된다. 하지만 우리의 고민은 하츠와는 어딘가 다르다. 어째서인가?

학교가 소설의 무대로 설정될 때 특히 흥미로운 것은 이 집단에는 굳이 커뮤니케이션의 성공을 촉구할 만한 '실제적인 이득'이 없다는 점이다. 이는 뒷부분에서 다루는 『연공』이라는 작품에도 특징적으로 나타난다.

뭔가 마음에 들지 않더라도 지속적으로 한 사회에 참여하지 않으면 안 되는 것은 그곳이 우리에게는 자기실현의 장소이고 경제활동의 터전이기 때문이다. 거기서는 기누요 같은 참여형태가 오히려 일반적인 것으로 통용된다. 일단 참가하고 본다, 라는 식이다.

그런데 학교에서 방과 후나 쉬는 시간에 출현하는 커뮤니티는 그렇지 않다. 하츠는 그곳에서 커뮤니케이션에 성공한다고 해도 실질적으로는 아무것도 얻을 게 없다. 경제적인 보수가 있는 것도 아니고 재능을 살려 자기실현을 할 수 있는 것도 아니다. 커뮤니티에서 인정을 받을 수는 있겠지만, 그 이유는 오로지 커뮤니케이션에 능숙하다는 바로 그 점에 있을 뿐이다. 하츠가 적극적이 될 수 없는 것은 그 때문이다.

하지만 커뮤니케이션은 본래 자기목적적으로 중요한 행위

일 것이다.

「유령들」에서 지적했던 대로 인간은 이루어지지 않은 관계가 많아질수록 고독을 느낄 수밖에 없다. 누군가 자신에게 미소를 지어주고 다정하게 말을 건네준다. 이유야 어찌 됐건 인간에게는 그런 기회가 반드시 필요하고, 그렇기 때문에 하츠도 쉽사리 단념하지 못하는 것이다.

그런데 니나가와는 좀더 본격적으로, 실질적인 이득이 없는 '그 그룹'과의 관계는 일절 거부하고 매스미디어를 통해 얻는 미소나 다정한 말로 만족하고 있다. 말할 것도 없이 그 상대는 '올리짱'이라는 아이돌 모델이다.

하츠의 고민은 정말 그래도 괜찮은 것일까 하는 망설임이다. 더구나 그런 리얼한 연애 감정이라면 오히려 대면 커뮤니케이션의 가치를 실감할 수 있을지도 모른다는 예감을 품어본 것인데 정작 니나가와는 전혀 무관심한 태도를 보이기 때문이다.

와타야 리사는 큰 영향을 받은 작가로 다자이 오사무+를 자주 언급하고 있는데, 이런 문제를 검토하다보면 그녀의 발언

+ 太宰治, 1909~1948. 도쿄 대학 불문과 재학중 사회주의 운동에 참여하였으나 후에 이탈, 그 죄책감이 작품에까지 영향을 미쳤다. 대표작으로 『사양』 『인간실격』 「쓰가루」 등이 있다.

이 충분히 이해가 된다.

※ 상징적인 행동

"됐거든?"

벗은 실내화를 집어들고 나는 빠른 걸음으로 체육관 출구로 향했다.

이 문장에서는 체육관 밖으로 나가버리는 행동을 통해 두 사람이 등장하는 장면에서 혼자만의 장면으로 전환된다. 장면이 전개되고 플롯이 진행되는 것을 보여주는 문장이다.

한편 이 문장은 주인공 하츠의 성격을 설명해주는 역할도 하고 있다. 하츠는 친구가 충고를 해주면 "그래, 고마워"라고 순수하게 받아들이는 타입이 아니라는 것을 알 수 있다. "됐거든?"이라고 말하고 밖으로 나가버리는 모습은 하츠라는 인물의 성격을 단적으로 보여준다.

나아가 실제 공간의 상징적인 변화로 인해 두 사람이 소속된 관계성의 영역이 다시금 분명하게 드러난다. 하츠는 한마디로 '그 그룹'에는 도저히 참여할 수 없다는 몸짓과 함께, 현재 자신이 서 있는 자리로 되돌아간 것이다.

무척 잘 처리된 장면 전환이라고 할 수 있다.

⌘ 부속 정보를 넣는 방법

『사거리』『연공』을 다루는 장에서 자세히 언급할 예정이라서 대략적인 지적으로 그치겠지만, 구어체라는 것은 문어체와는 달리 표정이나 목소리 톤, 몸짓 같은 부속 정보가 함께 이어지면서 성립되는 말이다. 그렇기 때문에 소설에서 전적으로 구어체만 써서는 아무래도 뉘앙스가 정확히 전달되지 않는다.

> "……참았던 거였구나. 우리가 같이 보낸 시간."
>
> 기누요가 섭섭한 듯 중얼거렸기 때문에 나는 당황해서 얼른 덧붙였다.

이 장면에서는 "……참았던 거였구나. 우리가 같이 보낸 시간"이라는 말로만 끝나버리면 화가 나서 하는 말인지 섭섭해서 하는 말인지 웃으면서 하는 말인지 알 수 없다. 구어체를 그대로 문장으로 옮기면 대화의 생생한 이미지가 전달되는 반면에 전달되는 정보량은 대면 커뮤니케이션 때보다 크게 줄어들고 만다.

그런 점에서 '섭섭한 듯'이라든가 '당황해서'라는 부속 정보를 덧붙여, 탈락되어버린 뉘앙스를 설명해주게 된다.

부속 정보를 전달하는 문장이 빠진 채 이야기가 전개되었다면 어떤 느낌이 들까.

"…… 참았던 거였구나. 우리가 같이 보낸 시간."

"넌 잘 웃고 맞장구도 쳐주고 아무튼 대꾸를 잘해줬으니까 내가 굳이 참아야 할 것도 없었어. 근데 우리 그룹의 다른 애들, 욧짱이나 야스다 같은 애들은 노상 입 꾹 다물고 졸린 사람처럼 얘기를 듣기만 했잖아. 그건 진짜 힘들었어."

사소한 차이지만 뉘앙스로 봐서는 훨씬 더 가시 돋친 싸움 같은 대화로 느껴질 것이다. 부속 정보를 어느 정도나 보충할 것이냐 하는 문제는 적정한 선을 조절하기가 퍽 어렵다. 너무 지나치면 독자가 상상할 수 있는 영역이 좁아지기 때문이다.

이를테면 희곡에서 지문을 지나치게 상세하게 적어주면 배우가 연기할 여지가 제한되어 재미가 반감된다. 소설을 쓸 때도 독자가 상상할 영역은 적절히 확보되어야 한다.

도스토옙스키는 이런 부속 정보를 넣는 기술이 달인의 수준에 이르렀다고 평가되는 작가니까 꼭 한번 확인해보기 바란다. 『악령』이나 『카라마조프 가의 형제들』이 차가운 이론을 나열한 소설로 떨어지지 않은 가장 큰 이유가 바로 이 기술에 있었다.

⌘ 소화하기 쉬운 작품

마지막으로, 또다른 감상이지만 『발로 차주고 싶은 등짝』은 신기할 만큼 어색한 구석 없이 쉽게 읽히는 작품이다.

신인 작가로서 세상을 한바탕 놀라게 해주겠다는 야심 같은 건 전혀 없이, 이 소설은 지금까지 수많은 글을 써온 사람이 전혀 힘들이지 않고 슬슬 써낸 것처럼 편안하다. 소화하기 쉬운 문장으로 단숨에 써내려간 능숙함도 엿보인다. 스타일은 다르지만 그런 의미에서는 가네하라 히토미에게서도 똑같은 느낌을 받았다.

여기서 나는 문득 체조 경기가 떠오른다. 1972년 뮌헨 올림픽 철봉 경기에서 쓰가하라 미쓰오 선수가 '두 번 공중돌기'에 성공했을 무렵에는 이 기술을 구사하는 사람이 이 세상에 한두 명밖에 없었다. 그들은 천재적인 재능과 함께 필사적인 노력으로 '두 번 공중돌기'에 성공할 수 있었다. 하지만 요즘은 고등학생 중에도 이 기술을 구사하는 사람이 넘쳐날 정도다.

어떻게 일이 그리 되었는지, 알 듯하면서도 신기하기만 한데, 문학의 세계에서도 그런 현상이 일어나고 있다는 것이 내 느낌이다. 초등학생 때부터 날마다 블로그에 글을 올리고 엄청난 양의 책을 읽으며 창작을 연습한 세대는 스무 살쯤이면 벌써 능숙한 문장가가 되는 것이다.

물론 그중에서도 작가가 되는 사람과 되지 않는 사람 사이에는 결정적인 차이가 있을 테지만, 와타야 리사와 가네하라 히토미의 아쿠타가와상 공동 수상은 지금 돌아보면 그런 현상의 징조였던 게 아닌가 하는 생각이 든다.

미르체아 엘리아데의 『젊음 없는 젊음』

이 소설은 루마니아 출신의 종교학자이자 작가인 미르체아 엘리아데Mircea Eliade, 1907~1986가 1980년, 일흔셋의 나이에 집필한 것이다.

기본적으로 작고한 작가는 다루지 않을 생각이었지만, 개인적으로 특히 좋아하는 작가이기도 하고, 제재가 재미있어서 2007년에 〈지옥의 묵시록〉으로 유명한 프랜시스 포드 코폴라 감독이 영화로 제작하여 화제가 된 터라 예외로서 수록하기로 했다.

엘리아데는 물론 나이상으로 인터넷 이전 시대의 사람이지만, 아르헨티나의 호르헤 보르헤스+ 같은 작가와 마찬가지로 전 세계적인 지식인으로서, 국민국가의 성립과 함께한 근대소설가들과 구분하여 '프리pre 인터넷' 시대의 소설가로서 재평가해볼 여지가 있다.

『젊음 없는 젊음Tinereţe fără tinereţe』은 교회 근처에서 갑작스럽게 벼락을 맞은 노인이 부상에서 회복하면서 다시 젊어져간다는 이야기로, 그가 병원에 실려가는 장면에서부터 시작된다. 온몸이 까맣게 그슬린 꼴이지만 의식은 또렷하다는 장면이다.

특히 다음 두 가지 점을 유의하면서 읽어주었으면 한다.

- 몇 개의 장면으로 구성되어 있는가.
- 몇 명의 '나'가 있는가.

+ Jorge Luis Borges, 1899~1986. 소설가이자 시인, 평론가로서 환상적 사실주의에 기반한 단편들로 현대 포스트모더니즘 문학에 큰 영향을 끼쳤다. 대표작으로 소설집 『불한당들의 세계사』 『픽션들』, 시집 『부에노스아이레스의 열기』 등이 있다.

어느 날의 일—언제인지 따져보는 건 이제 포기했다—, 박사는 극히 신중한 손놀림으로 눈꺼풀을 만져본 뒤에 이렇게 말했다.

"눈은 다치지 않은 것 같은데, 보이는지 어떤지 그건 모르겠어. 아니, 그보다 다른 부분도 전혀 모르겠어……"

이건 지난번에도 들은 얘기다. 그때는 "의식이 있는지 없는지, 그것도 모르겠어"라고 말했었다. "귀가 들리는지, 들린다고 해도 그 말을 이해는 하는지……"

아무것도 모르는 건 박사의 잘못이 아니었다. 박사의 목소리는 지금까지 몇 번이나 들었기 때문에 잘 알고 있고, 귀에 들어온 말은 완벽하게 이해할 수 있었다. 박사는 이렇게 말을 건넨 것이다, "내가 하는 말을 알아들었다면 여기, 이 손가락을 잡아요"라고. 하지만 도미니크 마테이는 그 손가락을 감지하지 못했다. 꽉 쥐고 싶어도 도저히 쥐어지지 않았다.

박사가 이번에는 이렇게 말을 이었다. "어떻게든 앞으로 5일 동안만 버티면……"

그러면 5일 뒤에 질베르 베르나르 박사가 파리에서 아테네로 가는 도중에 잠깐 들러줄 거라는 얘기는 조수가 하는 말을 듣고 알았다. 질베르 베르나르 박사는 최고의 전문의다……

"……그래, 관심 분야도 참 다양하구나." 라우라는 거듭 말했다. "너도 다른 많은 사람들이 원하던 인물이 되고 싶은 거야. 문헌학자, 동양학자, 고고학자, 역사가, 그리고 아직 더 있지? 그러니까 넌 도미니크 마테이인 채로 사는 게 아니라 또다른 삶, 타인의 삶도 살아보고 싶다는 거야. 그렇게 해서 너의 천재성을 철저히 키워보려고……"

"나의 천재성을, 이라고?" 기쁨을 감추려고 짐짓 겸손한 표정을 보였다. "그럼 그건 내가 천재성이 있다는 얘기인데……"

"어떤 의미에서는 물론 천재성이 있지. 지금까지 내가 만났던 사람들을 모두 생각해봐도 너 같은 사람은 한 명도 없었어. 우리와는 인생을 살아가는 방식이, 인생을 이해하는 능력이 전혀 달라."

"하지만 스물여섯 살이 된 지금까지 나는 아무것도 해놓은 게 없어. 시험에서 모조리 좋은 점수를 받았을 뿐이지. 새롭게 발견해낸 건 아무것도 없어. 내가 직접 번역한 『연옥편—열한 번째 노래』도 독창적인 해석이라고는 하나도 없고……"

라우라가 쓸쓸하고 어딘지 실망스러운 눈빛으로 바라보는 것 같았다.

"왜 꼭 뭔가를 발견해야만 하지? 너의 천재성은 네가 살아가는 삶 속에서 실현시켜야지. 분석이나 발견이나 독창적 해석 속에서가 아니라 네가 살아가는 삶 속에서. 네가 모범으로 삼아야 하는 건 소크라테스나 괴테여야 해. 하지만 작품을 쓰지 않았던 괴테를 상상해봐!"

"무슨 말인지 모르겠네." 도미니크는 흥분해서 중얼거렸다.

"여러분, 알아들었나요?" 담당의사 스턴츌레스쿠 박사가 물었다.

"저는 잘 모르겠습니다, 게다가 말을 너무 빨리 하시니까 더욱더……"

도미니크는 충분히 알아들었다. 스턴츌레스쿠 박사는 흠잡을 데 없는 프랑스어를 쓰고 있었다. 파리에서 학위를 받은 게 틀림없다. 저명한 전문의보다 오히려 더 정확하고 기품 있는 말투다. 그 베르나르 박사 쪽은 아마 외국 출신일 것이다. 천천히 머뭇머뭇 말하는 것을 보면 짐작할 수 있다. 바이안이 전에 말했듯이, 그들과 함께 마지막으로 근무했던 학교 교장도 긴급하게 중요한 결정을 내려야 할 때마다 그랬었다. 선뜻 속마음을 내보이고 싶지 않은 것이다.✣

✣ 미르체아 엘리아데, 『젊음 없는 젊음』, 사쿠힌샤, 160~161쪽. 이 부분의 한국어 번역은 『백 년의 시간』, 기영인 옮김, 뿔, 2010, 17~20쪽을 참조하였다.

※ 몇 개의 장면으로 이루어져 있는가?

위 예문은 몇 개의 장면으로 이루어져 있을까?

답은 세 개다.

첫번째는 주인공이 병원에 누워 있는 장면이다. 의사가 주인공을 진찰하는 모습이 묘사되어 있다.

"'……그래, 관심 분야도 참 다양하구나.' 라우라는 거듭 말했다"에서부터는 회상 장면이 시작된다. 라우라는 주인공의 옛 연인으로, 이 회상 장면에서는 학생 시절에 라우라와 나눈 대화가 나온다.

"'여러분, 알아들었나요?' 담당의사 스턴츌레스쿠 박사가 물었다"에서부터는 다시 주인공을 진찰하는 병실 장면으로 돌아간다. 실은 이사이에 닷새의 시간이 흘러갔다. 첫 장면에서는 아직 베르나르 박사가 도착하지 않았고 5일 뒤에 들를 예정이라고 했는데, 세번째 장면에서는 이미 베르나르 박사가 병실에 와 있는 것이다.

이야기 흐름을 얼른 이해하기 힘들다면, 텔레비전 드라마나 영화를 생각해보면 좋을 것이다. 이 장면은 명백하게 영화의 컷백* 기법에서 영향을 받았기 때문이다.

처음에 주인공이 중상을 입고 병원에 실려온 장면이 나온다. 주인공은 구사일생으로 목숨을 건졌지만 의식이 있는지 없는지, 의사는 알지 못한다.

장면❶ 어느 날, 의사가 진료를 하러 와서 주인공과 대화를 시도한다. 주인공은 의식이 있지만 자신의 그런 상태를 의사에게 전달하지 못한다.

생사를 헤매는 주인공의 마음속에 과거의 기억이 떠오른다. 여기서 화면은 회상 장면으로 바뀐다.

장면❷ 학생 시절의 연인과 대화하는 모습이 나온다. 서로 장래의 꿈에 대해 이야기하고 있다. 그리고 "무슨 말인지 모르겠네"라고 중얼거린 참에 거기에 호응하듯이 "여러분, 알아들었나요?"라는 담당의사의 목소리와 함께 다시 현실로 돌아온다.

장면❸ 병실에 누워 있는 현재의 모습으로 화면이 바뀐다. 그사이에 닷새의 시간이 흘러서 베르나르 박사가 도착

✢ cutback, 이어지는 장면 도중에 다른 장면을 삽입했다 다시 원래 장면으로 돌아가는 영상 편집 기법.

하여 주인공을 진료하는 모습이 나온다.

빈사 상태에서 의식이 오락가락하기 때문에 문득 정신이 들 때마다 시간이 차례차례 건너뛰고 있다. 현재에서 과거로, 과거에서 미래로 들락날락하는 장면이 뒤섞인 것이다.

작품 속에 '옛날 일을 떠올렸다'든가 '현실로 돌아왔다'는 설명을 일일이 붙이지 않은 탓에 장면 전환을 얼른 알아보기 어렵겠지만, 그런 만큼 주인공이 꿈속을 오락가락하는 모습이 생생한 현장감으로 드러나 있다.

코폴라의 영화에서도 충실하게 재현된 장면이다.

※ 주인공은 몇 명인가?

그럼 이 작품에는 몇 명의 '나'가 있을까.

이건 지난번에도 들은 얘기다. 그때는 "의식이 있는지 없는지, 그것도 모르겠어"라고 말했었다.

우선 '의사의 말을 듣는 나'가 있다. 의사의 말을 알아듣고 있으니까 그는 분명하게 의식이 있다. 하지만 의사는 그가 의식이 있는지 없는지 알지 못한다. 그렇다면 '의사의 눈으로 본 나'라는 존재도 있다. 이 두 개의 '나' 사이에는 상당한 거리가 있다. 나는 의식이 있는데, 의사에게는 의식이 있는지 없는지 보이지 않는다. 「유령들」에서 블루가 바라보던 블랙을 생각해 보면 좋을 것이다. 여기서 붕대는 그런 차이의 상징이다.

"하지만 스물여섯 살이 된 지금까지 나는 아무것도 해놓은 게 없어."

회상 장면에서는 학생 시절의 연인과 이야기를 나누는 '학생 시절의 나'가 나온다. 영화라면 스크린에는 스물여섯 살 때의 주인공 도미니크 마테이가 등장할 것이다. 그리고 그와는 생각이 약간 다른 듯한 '연인의 눈으로 본 나'가 있다.

"너도 다른 많은 사람들이 원하던 인물이 되고 싶은 거야. 문헌학자, 동양학자, 고고학자, 역사가, 그리고 아직 더 있지?"

연인 라우라가 하는 말을 통해 그가 '되고 싶은 나'에 대한 이야기가 나온다.

회상 장면이 끝나자 5일의 시간이 흘러간다. 담당의사는 "어떻게든 앞으로 5일 동안만 버티면……"이라고 말했었는데, 그럭저럭 그 5일을 버텨준 것이다. 여기에는 '회복되어가는 것을 감지하는 닷새 뒤의 나' '그 모습을 바라보는 사람들의 눈에 비친 나'가 있다고 생각할 수 있다.

정리해보면,

- '의식이 있어서 생각을 하는 나' '그때 주위 사람들의 눈에 비친 나'
- '스물여섯 살 때의 나' '라우라가 바라보는 나' '스물여섯 살 때, 앞으로 그렇게 되고 싶었던 상상 속의 나'
- '회복중인 닷새 뒤의 나' '내 의식과 가까워진 주위 사람들의 눈에 비친 나'

이런 것들이 겹겹이 겹치면서 이야기를 구성하고 있다.

한 사람의 주인공이 '지금 이곳에 있는 하나의 아이덴티티'에 묶이지 않고 시공을 건너 다양한 형태로 출현한 것이 이 장면이다.

발표 시기가 「유령들」과 비교적 가깝고 두 작품이 똑같이 아이덴티티를 테마로 하고 있지만, 『젊음 없는 젊음』은 주인공이 다시 젊어진다는 설정으로 거기에 시간의 문제까지 덧붙였다.

중요한 것은 이 작품에서 다루는 아이덴티티가 자의적으로 증식한 '나'가 아니라 어디까지나 타자와의 관계 속에서 필연적으로 생겨난 다양한 '나'라는 점이다.

※ 플롯의 '거대한 화살표'를 확인한다

소설의 전체적인 윤곽을 파악하기 위해서는 플롯의 흐름이 어느 방향으로 향하는지 확인해두는 것도 필요하다.

앞서 말한 대로 위 예문은 세 개의 장면으로 이루어졌다.

처음에는 의사가 어떻게든 5일 동안만 버텨주기를 바랄 만큼 빈사의 중상으로, 플롯의 방향은 '죽음'을 향해 흘러간다.

회상 장면에서는 미래에 대한 희망을 이야기하고 있다. 따라서 플롯의 화살표는 미래의 '삶'을 향한다고 해도 좋을 것이다.

의식이 돌아왔을 때는 5일간을 버텨냈기 때문에 서서히 회복되는 상태라고 할 수 있다. 플롯의 방향 역시 '삶'으로 향해야 맞을 테지만, 인간은 언젠가 죽게 될 운명이라는 점을 감안하면 '죽음'으로 향한다고 생각할 수 있다.

그런데 실제로는 주인공이 다시 젊어진다는 것이 이 소설의 설정이기 때문에 이런 예상은 보기 좋게 배반을 당하고 '화살표'는 '삶'을 향해 흘러간다.

이처럼 이 작품은 '죽음'으로 가는 방향성과 '삶'으로 가는 방향성이 플롯의 전진 과정에서 복잡하게 맞부딪치며 큰 효과를 거두고 있다.

인간은 언젠가 반드시 죽음을 맞이한다. 그런 의미에서 인간은 누구나 최종적으로 '죽음'을 향해 나아가고 있다고 말할 수 있다. 엘리아데가 작품 속에서 굳이 시간의 축을 해체해보인 것은 일방적으로 진행되는 시간은 결국 '죽음'에 도달할 수밖에 없고, 그렇기 때문에 인간은 실존적인 불안에서 도망칠 수 없다는 인식을 갖고 있기 때문이다.

시간의 흐름에서 해방되는 것이 그런 불안에서 해방되는 일이다. 이것은 불교의 해탈이라는 발상에서 영향을 받은 엘리아데의 사상이었다.

한 줄기로 흐르는 일방적인 시간의 축에서 해방되고자 하는 의식은 다음의 문장에도 단적으로 드러나 있다.

언제인지 따져보는 건 이제 포기했다.

하지만 그렇게 시간의 축이 해체되면 과거에서 현재까지 순서대로 줄을 맞춰 정리되어 있던 과거의 자신이나 현재의 자신이 수습할 도리 없이 쏟아져나온다. 이 장면은 바로 그런 혼돈이 출현하는 긴박한 순간을 묘사한 것이다.

자신의 정보를 조정할 수 없는 안타까움

인간은 자기 혼자서 '나는 이러이러한 사람입니다'라고 아무리 생각해봤자 타인으로부터 승인을 받지 못하면 결코 안심할 수 없다. 이는 「유령들」에서도 다루었던 테마이다.

상대의 눈에 비친 '나'가, 내가 생각하는 '나'와 전혀 다르다는 건 우리에게 큰 스트레스가 된다. 정보원으로서의 나를 누구보다 잘 알고 있을 터인 나 자신이 스스로 정보화한 나, 그리고 타인이 정보화한 나, 양자 사이의 괴리가 극단적인 경우다.

그런 때는 상대를 향해 '그렇지 않다'든가, 최소한 '그런 면도 있을지 모르지만, 이러이러한 점은 다르다'는 뜻을 전달해서 상대의 눈에 비친 나와 내가 생각하는 나가 최대한 근접할 수 있게 노력해야만 한다.

그런데 이런 노력을 전혀 할 수 없는 상태라는 건 어떤 경우일까? 말할 것도 없이, 죽은 다음이다. 죽은 뒤에는 남들이 나에 대해 어떤 말을 하건 반론할 도리가 없다. 어처구니없는 오명을 뒤집어쓸 우려가 있는가 하면 실제보다 더 훌륭하게 사람들의 입에 오르내리는 일도 있을 것이다.

『젊음 없는 젊음』에서는 주인공이 의식은 있으나 말을 할 수 없고 의사의 손도 잡지 못한다. 자기 쪽에서는 의사 표시나 정보 발신이 전혀 불가능한 상태이므로, 말하자면 죽음에 갇혀버린 듯한 상황이다.

이처럼 '타인의 눈에 비친 나'를 고스란히 받아들여야 할 때, 인간은 아이덴티티의 문제에 시달리지 않을 수 없다.

이것은 딱히 병상에 누워 있는 사람의 경우에만 한정된 일이 아니다. 중고등학생들 중에는 부모나 선생님, 주위 사람들의 눈에 일찌감치 '착한 아이'로 규정되어 그 인식을 고스란히 받아들일 수밖에 없는 상황에 빠지는 경우가 있을 것이다. 뭔가 이질감을 느끼면서도 커뮤니케이션을 통해 그것을 적절히 풀어나갈 수가 없다. 참으로 괴로운 상황이다.

물론 이것은 우리가 그 반대 입장에 서 있을 때의 교훈으로서 생각해봐야 할 문제다. 현대사회의 흔들리는 아이덴티티 문제는 분명 불안을 빚어내는 요인이지만, 타인에 대한 '규정'을 주의 깊게 회피함으로써 반론 불능의 이미지 감옥에서 누군가를 해방시켜줄 수도 있는 것이다.

※ 일과 아이덴티티

회상 장면, 연인과의 대화 속에 "작품을 쓰지 않았던 괴테"라는 말이 나온다. 대단히 재미있는 발상이지만, 하필 괴테를 끌고 나온 데는 약간 복잡한 의미가 있다.

괴테라고 하면 정치가이자 과학자이자 사상가로서 다양한 분야에서 뛰어난 만능인이었다. 그런데 그 능력을 결국 발휘하지 않았다, 라고 한다면 괴테는 대체 어떤 사람이었는가, 라는 것이 여기에서 던져진 문제다.

사회적인 아이덴티티를 상실한 인간이라는 주제의 섬뜩한 분위기는 『책을 읽는 방법』에서 카프카의 소설을 예로 들어 이야기한 적이 있다. 괴테가 괴테였던 것은 창작을 통해 그 재능을 사회화할 수 있었기 때문이다. 물론 창작을 하지 않았더라도 괴테는 괴테지만, 단지 우리가 알고 있는 괴테는 아니라는 얘기가 된다.

라우라가, 발견 따위는 하지 않아도 너는 너다, 라고 말한데 대해 주인공이 이해하지 못한 것은 그 때문이다.

이 장면에서는 과거의 기억과 함께 '되고 싶었던 나' '되었을지도 모르는 나'가 일제히 덮쳐들면서 아이덴티티의 동요를 경험한다. 문헌학자가 된 나, 동양학자가 된 나, 고고학자가 된 나, 역사가가 된 나.

이 현기증은 독자 한 사람 한 사람이 공감하는 부분일 것이다. 그리고 내가 아닌 한 남자의 인생을 몸소 체험할 수 있다는 것이 바로 소설을 읽는 일에서 얻는 감동이다.

⌘ 독자를 대변하는 의문

"무슨 말인지 모르겠네." 도미니크는 흥분해서 중얼거렸다.

『책을 읽는 방법』에서도 함께 살펴본 것이지만, 소설의 대화 속에 나오는 '의문문'은 등장인물의 말이면서 동시에 독자의 마음을 대변하는 말이기도 하다.

독자는 이 장면을 읽어보는 것만으로는 "작품을 쓰지 않았던 괴테"라는 말의 의미를 잘 알 수 없다. 이야기를 읽어나가면 차츰 알게 되겠지만, 여기에서는 아직 이해하기가 어려울 것이다.

작가는 독자를 뒤처지지 않게 하기 위해, 아직 이 시점에는 알지 못해도 괜찮다고 일부러 명시적으로 드러내는 기능을 이 "무슨 말인지 모르겠네"라는 말에 담아두었다. 동시에 독자가 자칫 놓치고 지나가지 않도록 자연스럽게 주의를 환기하고 있다.

그 밖에도 이 장면에는 '모르겠다'는 말이 빈번하게 나온다.

"눈은 다치지 않은 것 같은데, 보이는지 어떤지 그건 모르겠어.

아니, 그보다 다른 부분도 전혀 모르겠어……"

"의식이 있는지 없는지, 그것도 모르겠어."

아무것도 모르는 건 박사의 잘못이 아니었다.

"내가 하는 말을 알아들었다면 여기, 이 손가락을 잡아요."

"여러분, 알아들었나요?"

"저는 잘 모르겠습니다."

도미니크는 충분히 알아들었다.

엘리아데의 소설 대부분은 어떤 신비한 체험의 '알 수 없음'을 일상생활 속에 위장된 형태로 가득 차 있는 신화의 흔적을 단서로 해명해나가는 것이 중심 내용이다. 플롯이 가리키는 방향에 있는 '궁극의 술어'는 감춰져 있다. 여기에서는 약간 노골적으로 보일 만큼 몇 번이고 그 점을 언급해서 독자의

'알고 싶다'는 욕구를 자극하고 있는 것이다.

⌘ 주어 충전형 술어에서 보이는 주인공의 지성

도미니크는 충분히 알아들었다. 스턴츌레스쿠 박사는 흠잡을 데 없는 프랑스어를 쓰고 있었다. 파리에서 학위를 받은 게 틀림없다. 저명한 전문의보다 오히려 더 정확하고 기품 있는 말투다. 그 베르나르 박사 쪽은 아마 외국 출신일 것이다.

무심코 써놓은 것 같지만, 술어의 기능을 주의 깊게 살펴본다면 상당히 공들여 쓴 대목이다.

우선 "충분히 알아들었다"라는 술어는 어떤 의미를 갖고 있을까? 잘 알아들었다는 것뿐일까? 그렇게 읽었다면 깜빡 놓친 게 있을 것이다. 주어로 되돌아가는 또하나의 의미로서는, 5일 동안 생사를 헤매는 혼탁한 의식 뒤에 그의 상태가 상당히 좋아졌다는 것이다. 그의 회복은 뒤에 이어지는 내용에서도 다시 한번 강조된다.

그는 무엇을 알아들었는가? "스턴츌레스쿠 박사는 흠잡을 데 없는 프랑스어"를 쓰고 있고, "파리에서 학위를 받은 게 틀림없"는 사람이라고 묘사했다. 물론 이것은 스턴츌레스쿠 박사라는 등장인물을 설명해주는 말이지만, 동시에 주인공 자신이 그런 정도의 판단을 내릴 수 있을 만큼 지적인 인간이라는 것도 보여주고 있다. 그는 베르나르 박사보다 담당의사 쪽이 더 기품 있는 말투를 쓰고, 아마도 베르나르 박사는 외국 출신일 것이라고 짐작하는데, 그 미묘한 뉘앙스를 알아볼 만큼 주인공은 어학에 능통하고 아카데믹한 세계의 저간 사정을 이해하고 있는 인물이라는 것이다.

물론 이 또한 주인공의 시점에서 본 담당의사의 모습일 뿐이지만, 설명하는 방식으로 봐서는 만일 이것이 주인공 혼자만의 착각이라면 그가 퍽 얼빠진 인간이라는 얘기가 되고 만다. 실제로 그의 예상이 맞았던 것으로 밝혀지는 점을 생각할 때, '아마'라는 표현으로 오히려 독자에게 별 무리 없이 '분명 그럴 것이다'라는 믿음을 주는 교묘한 글솜씨다.

그 결과, 담당의사와 베르나르 박사에 대해 말하면서 동시에 주인공 도미니크 마테이가 어떤 인물인지, 독자에게 간결하게 이해시키는 데 성공하고 있다.

마지막으로 또 한 가지, "흠잡을 데 없는 프랑스어를 쓰고 있었다"라는 표현에 주목해보자. 만일 이것을 지문地文처럼 작가가 직접 설명하는 방식으로 썼다면 독자는 그 틀에 박힌 인물 조형을 가식적이라고 느꼈을 것이다. 이를테면 '그녀는 흠잡을 데 없는 미인이다'라고 해봤자 그저 그런 시들한 느낌만 들지만, 이 문장에서처럼 시점을 등장인물에게 맞춰놓고 대화문 등을 통해 "그녀는 흠잡을 데 없는 미인이야"라고 말하게 하면 독자는 '아, 그런가' 하고 자연스럽게 받아들일 수 있다.

사소한 것이지만, 이 작은 절차를 통해 작가의 자의적인 설정이라는 인상은 뒤로 물러나고 작품 세계의 또다른 등장인물에 의한 평가라는, 정보의 상대화를 꾀할 수 있는 것이다.

작가 자신과 견줘보며 읽는다

첫머리에서도 말했지만, 이 소설은 엘리아데가 세상을 떠나기 6년 전, 일흔세 살에 발표한 작품이다. 노경에 접어든 작가 자신의 심경이 반영되었다고 볼 수 있다.

엘리아데는 제2차 세계대전 전에 레지오나르라는 루마니아의 민족주의 사상운동에 관여한 혐의로 체포된 경력이 있다.

그 뒤에 국외로 망명했지만, 전후 루마니아는 이 소설에도 등장하듯이 비밀경찰이 날뛰는 공산주의 체제 아래에 놓이게 된다.

엘리아데의 소설에 항상 등장하는 거짓 일상과 인간의 본래 모습이라는, 어떤 의미에서는 분열의 양상을 보이는 발상에는 이런 체험이 짙은 그림자를 드리우고 있다고 해도 틀림이 없다.

사상이 제한되는 환경 속에서는 겉으로 드러난 '위험성 없는 인물'의 모습과 실제 내면의 사상이 뚜렷하게 동떨어진 양상을 보인다. 갑작스럽게 벼락을 맞고 전혀 몸을 움직일 수 없는 상태에서 주위 사람들의 눈에 비치는 나와 내면의 나 사이에 큰 괴리감을 느끼는 장면, 그리고 그런 때에 지금과는 또다른 인생을 살 수 있었을 텐데, 라고 몽상하는 장면에서 그의 실제 인생의 반향反響을 찾아보는 건 충분히 가능한 일일 것이다.

그리고 노년에 이르러 다시 젊음을 찾는 이야기를 통해 자신의 심경을 의탁하려고 한 엘리아데의 소설을, 역시 노년에 접어든 코폴라 감독이 자신의 영화 작업으로 선택했다는 것은 왠지 눈시울이 뜨거워지는 일이다.

다카하시 겐이치로의 『일본문학 성쇠사』 중 「알고 보면 훨씬 더 무서운 「한나절」」

다카하시 겐이치로高橋源一郎, 1951~는 선구적인 포스트모던 문학의 대표 작가로 알려져 있다. 이 소설 『일본문학 성쇠사日本文學盛衰史』는 일본 근대문학의 여명기를 온갖 다양한 취향으로 공들여 묘사해서 최근의 대표작으로 손꼽힌다. 여기서 예로 든 문장은 모리 오가이의 「한나절」이라는 작품을 제재로 삼아 패러디한 부분이다.

모리 오가이의 초기 단편 중에서도 1890년에서 1891년에 걸쳐 발표한 「무희」 「물거품의 기록」 「편지 심부름꾼」 세 편은 사토 하루오✝에 의해 '초기 로맨틱 단편 혹은 독일 3부작'이라고 명명된 작품이다. 진한 로맨티시즘의 향기가 자욱한 이 유려한 문어체의 작품을 발표한 뒤, 모리 오가이는 한동안 소설을 쓰지 않고 오로지 평론과 번역을 중심으로 활동한다. 그리고 20여 년이 지난 1909년에 돌연 「한나절」이라는 구어체 소설을 잡지 『스바루』에 발표하여 세상을 놀라게 했다. 소재는 어느 집안의 고부간 갈등이다.

「알고 보면 훨씬 더 무서운 「한나절」本当はもっと怖い「半日」」은 일본문학사의 이 유명한 사건을 바탕으로 한 것이다.

"당신, 어느 편이야?"

아내가 말했다. 아내는 파자마를 입고 주방과 가장 가까운 식탁에 앉아 『통신판매 라이프』를 보고 있었다.

"사치요는 틀림없이 이상해. 상식을 벗어났어. 아무리 그래도 그렇지, 남의 꽃병을 일부러 로스앤젤레스까지 보내서 감정해달라고 할 건 없잖아?"

✧ 佐藤春夫, 1892~1964. 소설가이자 시인. 그의 문하에서 수천 명의 문인이 배출된 것으로 유명하다.

“이건 내 생각이다만, 남의 화병이니까 일부러 감정해달라고 하는 거 아니겠니? 그런 속사정을 모르는 사람이 괜히 이러니 저러니 떠들지.”

어머니가 말했다. 어머니는 텔레비전 앞의 소파에 깊숙이, 깊숙이, 도사리고 앉아 있었다. 그곳은 거실에서도 식탁과 가장 먼 자리였다.

“게다가 더 이상한 건 컬럼비아 대학에 유학을 갔다는 얘기야. ‘청강 유학생’이라니, 그게 뭐야? 난 그런 얘기는 처음 들었어.”

“응, 당연히 그렇겠지. 자기하고 똑같은 수준이라고 생각하니까 화가 나는 건데 그렇게 생각하지 않으면 되지. 제가 무지하다는 건 시렁에 얹어놓고 그저 세상일 죄다 안다고 생각하지. 부끄럽지도 않은가 몰라.”

오가이는 관자놀이를 꾸욱 눌렀다. 머리가 아파오려고 했다. 아니, 벌써 심히 아팠다. 대체 이 여자들은 누구에게 말을 하고 있는 건가? 여자들은 서로 간에 이야기를 나누려고는 하지 않는다. 벌써 몇 년째 한 번도 이야기를 나눈 일이 없다. 그런데도 두 사람은 일 년 내내 말들을 하고 있었다.

“난 몰라.”

오가이는 고민 끝에 소세키에게 이 문제를 상의한 적이 있었다.

"혼자일 때는 말을 안 하는 거 같아. 근데 또 한 사람이 나타나기만 하면 그게 시작되는 거야."

"자네가 없을 때는?"

"둘이서만 있을 때는 입을 꾹 다물고 있지."

"그럼 그건 자네를 향해 말하는 걸세. 간단한 일 아닌가. 하소연을 좀 들어달라는 거야."

"처음에는 나도 그렇게 생각했지. 내 관심을 끌기 위해 말을 하는 거라고. 근데 말이야, 내가 무슨 말을 해도 엉뚱한 대답만 한다니까."

"어느 쪽이? 부인? 어머님?"

"둘 다야. 그냥 멋대로 떠들기만 해."

"그럼 혼잣말이야. 신경 쓸 거 없어."

"아니라니까! 혼자 있을 때 하는 말이어야 혼잣말이지. 그자들은 둘이 다 있고 게다가 그 자리에 나도 함께 있지 않는 한 말을 하려고 하지 않는다니까."

"흠, 모리 오가이 씨네는 가족 간에 대화가 끊이지 않는 이상적인 집안이라고 들었는데 말이야."

"그거야 그렇지. 표면상으로는 그렇다고. 내가 있다. 아내가 있다. 어머니가 있다. 저마다 순서대로 말을 해. 의미는 통해! 맥락도 있어! 서로 마음이 통하는 것 같기까지 하다고! 대체 이게 뭐야! 아니, 아니지, 사실을 말하자면, 나는 알고 있어!"

"뭘 알고 있는데?"

"그자들은 상상 속의 누군가를 향해 말하는 거야. 그 두 사람은 백일몽을 꾸는 거야. 간단한 일이야. 욕구불만이 몰고 온 환각이야. 이건 초보적인 프로이트야."

"모리 오가이 씨."

"왜 그러나."

"내가 알겠네."

"뭘?"

"자네의 고민. 그건 자네 생각 탓이야. 사실 자네 가족은 제대로 대화를 하고 있어."

"설마."

"자네가 하는 말을 정리해보면, 복수의 인간이 같은 장소에 있고, 어떤 것에 대해 연속적으로 발언을 하는 거지? 더구나 모든 말에 의미가 있어. 어때, 틀렸나?"

"아니."

"게다가 그 연속적인 발언이 하나로 연결되어 있고 의사소통도 이루어지고 있어. 아무래도 그 안에는 웃음이나 조크도 섞여 있는 것 같아. 어때, 틀렸나?"

"틀리지 않아."

"그렇다면 그런 걸 대화라고 하는 거야."

오가이는 너무 놀란 나머지 수화기를 떨어뜨렸다. 요란한 소리가 났다. 오가이는 다시 수화기를 집어들고 소세키에게 사과했다.

"미안해. 깜짝 놀라서 그만. 나는 그런 건 한 번도 상상해본 적이 없어."

"내 생각에는 말이지, 자네가 뭔가 엄청난 것을 기대하고 있는 것 같아. 대화라느니 가족이라느니, 자네, 그런 거에 좀 약한 거 아닌가?"

"그런 거 같네."

"오지랖 넓은 소리를 했는지도 모르겠네만."

"아냐, 괜찮아."

"옛 친구니까 충고 한마디 하겠네만, 자네는 약간 지나치게 섬세한 거 같아. 아니, 어쩌면 엄청 둔감한 건지도 모르겠어."

"은근슬쩍 말 돌리지 말아줘."

"자네, 계속 슬럼프였지? 다른 작가들이 뭐라고들 하는지 아나? '오가이는 이제 끝났다' '오가이? 음, 그런 자가 있었지' '오가이? 그게 누구야?' '오가이, 고가이公害, 몬다이 가이問題外'."

"자네, 지금 혹시 나하고 싸우자는 거?"

"아이, 설마."

"그럼 됐네."

"『즉흥시인』 이래로 자네는 소설을 쓰지 않았지? 평론하고 번역뿐이야. 뭘 기다리는지는 모르겠네만, 자네가 기다리는 건 안 와."

"자네는 내가 뭘 기다리는지도 모르면서 그 뭔가가 오지 않는다고 하는 거야?"

"그래."✢

✢ 다카하시 겐이치로, 「알고 보면 훨씬 더 무서운 「한나절」」『일본문학 성쇠사』, 고단샤문고, 456~461쪽.

✕ 글 못 쓰는 증후군

척 보면 분량이 상당한 것 같은데 일단 읽기 시작하면 책장이 술술 넘어갈 것이다. 그것이 바로 다카하시 겐이치로 작품의 특징이다.

하지만 술술 읽힌다고 해서, 당연한 일이지만, 술술 쓸 수 있는 것은 아니다.

소설가를 덮치는 최대의 위기는 말할 것도 없이 글을 못 쓰게 된다는 것이다.

다카하시는 이십대 후반에 자신을 덮친 실어증을 극복하기 위해 하루 종일 '나는 이 컵을 좋아한다'라는 문장을 수없이 반복해서 써보는 나날을 보냈다고 한다. 데뷔작 『사요나라, 갱들이여』에서도 그때의 경험을 연상시키는, 머릿속이 '하얗게 비어버린' 상태를 대단히 인상적으로 그려냈다. 하지만 그 뒤 90년대에 『고스트 버스터즈』라는 작품을 집필하던 중에도 역시 소설을 쓰는 데 심각한 어려움을 경험했다고 한다.

"자네, 계속 슬럼프였지? 다른 작가들이 뭐라고들 하는지 아나? '오가이는 이제 끝났다' '오가이? 음, 그런 자가 있었지' '오가이? 그게 누구야?' '오가이, 고가이公害, 몬다이 가이問題外'."

유려한 문어체의 초기 3부작을 집필한 뒤, 모리 오가이는 다시 소설을 쓰기까지 20여 년의 시간이 필요했다. 그 사실이 이 소설의 소재가 되었는데, 작가가 그 점에 주목한 이유는 문학사적으로 중대한 사건이기 때문만이 아니라 자신의 개인적인 체험도 절실하게 이입되었기 때문일 것이다.

오래전 작품으로는 호프만슈탈[+]의 단편 「찬도스 경卿의 편지」, 그리고 최근 작품으로는 엔리케 빌라마타스[++]의 『바틀비와 친구들』 등이 작가가 '글을 못 쓰게 된 상황' 자체를 소재로 한 소설들이다. 『일본문학 성쇠사』 속의 「알고 보면 훨씬 더 무서운 「한나절」」 역시 구어체 문장의 탄생이라는 다이내믹한 문학사적 사건을 다루면서, 그 소설들과 문제의식을 공유한 작품이라고 할 수 있다.

+ Hugo von Hofmannsthal, 1874~1929. 오스트리아의 시인이자 극작가. 17세 때 운문극 「어제」를 발표하여 조숙한 천재로 주목을 받았다. 오페라 〈장미의 기사〉, 운문극 「티치안의 죽음」, 독일 문화유산의 검증 문제를 다룬 『독일어의 가치와 영예』 등을 집필하였다.

++ Enrique Vila-Matas, 1948~ . 1985년에 발표한 소설 『포터블 문학소사』로 국제적으로 널리 알려졌다.

※ '오가이'는 누구?

「유령들」에서도 등장인물의 이름에 주목했었지만, 여기서는 특별히 그 점을 먼저 생각해봐야 할 것이다.

데뷔작과 앞서거니 뒤서거니 발표한 그의 두번째 작품 『존 레논 대 화성인』에는 "'저기 말이야' 하고 '헤겔의 대논리학'이 말했다"라는 문장이 나온다. 다카하시 소설의 경우, 주어화된 등장인물로서 내세우려고 하는 '무언가'에 주어지는 이름이, 어떤 의미에서는 그것이 저절로 갖게 되는 의미에 지나치게 충실해서 또한 어떤 의미에서는 어긋나서, 근접하는 의미체계로부터 깜빡 잘못 빌려온 듯한 인상을 풍긴다. 그 연결방식은 꿈이 상징을 전혀 엉뚱한 데서 가져오는 모습과 비슷하다.

'오가이'라는 이름자를 보면 누구나 대작가 '모리 오가이'를 가리킨다고 생각할 것이다. 하지만 그것을 곧바로 모리 린타로*라는 정보원으로서의 인물과 동일시해도 괜찮은가 하면, 그렇지 않다. 모리 린타로라는 이름자만 새겨넣은 묘비**

---

* 모리 오가이의 본명.

아래 유골이 묻힌 그 인물과, 문학사에 어떤 기술 형식으로 언어화되고 정보화된 모리 린타로라는 인물이 완전히 일치하는 것은 아니며, 실제로는 미처 다 셀 수도 없을 만큼 많았던 필명 중에서 반쯤은 자의적으로 선택한 '오가이'라는 호가 가리키는, 정치, 문학, 의학의 각 방면에서 펼친 활동 전체를 말하는 것인지도 모른다. 혹은 '오가이를 좋아한다'는 식의 말처럼 소설을 중심으로 한 그의 저작들을 뜻하는 것인지도 모른다. 문학사의 일개 문제를 가리키는 것일 수도 있고, 극단적으로 말하자면 대작가 '모리 오가이'와는 아무 관계도 없는, 전혀 다른 뭔가를 가리키는 것일 수도 있다.

이 이야기에 등장하는 '소세키'도 당연히 그렇게 읽혀야 할 것이다.

전화로 나눈 대화의 주인은 모리 린타로와 나쓰메 긴노스케[+++]라고 해도 좋고 그렇게 생각하지 않아도 좋다. 작품들끼리 이야기를 나누고 있거나 전집의 2권과 4권이 서로 말을

++ 1922년, 60세의 나이로 세상을 떠난 모리 오가이는 "나는 모리 린타로로서 죽기를 원한다"로 시작되는 유언을 남겨서 그의 묘비에는 일체의 영예와 칭호를 생략한 채 '모리 린타로의 묘'라고 새겨졌다.

+++ 나쓰메 소세키의 본명.

주거니 받거니 한다고 해도 무방한 것이다.

그런 복잡한 재미를 다카하시는 대담하게 일본 문학계에 도입하고 독자적으로 포스트모던 문학을 추구해나갔다.

이 작품에는 화제의 인물 '사치요'가 등장하는 텔레비전 방송을 보며 어머니와 아내가 이야기하는 장면이 그려져 있다. 문학사적 인물로서 '모리 오가이'의 시대에는 당연히 요즘 우리가 미디어를 통해 알고 있는 '노무라 사치요'✣는 태어나지도 않았지만, 이 소설에 나오는 고유명사는 그런 식으로 사방팔방으로 뻗어나가 의미의 누수漏水를 일으킨다. 그렇게 시공은 해체되고 책장 위에는 완전히 자유로운 소설적 공간이 펼쳐지는 것이다.

✣ 野村沙知代, 1932~. 일본의 방송인이자 전 프로야구 감독 노무라 가쓰야의 아내. 1999년 배우 아사카 미쓰요와의 의견 대립으로 연일 텔레비전 연예 프로그램에서 두 사람의 설전이 펼쳐졌고 여기에 수많은 연예인, 저명인까지 가담하였다. 사치요 스스로 황족 출신이며 뉴욕 컬럼비아 대학에서 정신심리학을 공부했다고 밝혔던 것에 대한 진위 여부도 논란이 되었다. 이 다툼은 2001년 사치요가 탈세 혐의로 체포될 때까지 계속되었다.

✂ 누구에게 말하고 있는가?

어떤 소설이라도 독자 한 사람 한 사람이 읽는 내용은 가설假說과 같아서 똑같은 책을 읽은 사람들이라도 반드시 의견이 일치하는 것은 아니다. 그뿐만이 아니라 10년 전에 나 자신이 내린 해석이 지금의 해석과 똑같은 것도 아니다. 그것은 작가가 말하려는 의도와도 완전히 일치하지는 않는다.

앞서 출간한 『책을 읽는 방법』에서, 그런 '창조적인 오독'과 함께 어디까지나 타자로서 작가의 '의도'를 알려고 하는 자세, 소설은 항상 그 두 갈래로 읽어야 한다고 썼다.

특히 이 작품 같은 스타일의 소설은 오독을 두려워하지 않는 적극적인 읽기가 필요하다. 무엇을 어떻게 느끼고 어떻게 생각하든 내 마음대로 수없이 업데이트할 수 있으니까.

> 오가이는 관자놀이를 꾸욱 눌렀다. 머리가 아파오려고 했다. 아니, 벌써 심히 아팠다. 대체 이 여자들은 누구에게 말을 하고 있는 건가?

'누구에게' 말하는가, 라는 점이 중요한 포인트이다.

이것을 오가이의 소설 「한나절」을 바탕으로 한 패러디라고 생각한다면 여기에서 '누구'는 작가이고 또한 최종적으로는 독자를 가리키는 것이다. 두 여자는 소설 속에서 주어화되고 등장인물이 된 '무언가'라고 이해할 수 있다.

"혼자일 때는 말을 안 하는 거 같아. 근데 또 한 사람이 나타나기만 하면 그게 시작되는 거야."

여기에 나오는 "또 한 사람" 역시 마찬가지로 작가이고 또한 독자이다.

그 '무언가'는, 글을 쓰려고 하는 존재를 향해 말을 걸어오는 것이다. 그리고 그것은 최종적으로는 글을 읽으려고 하는 존재를 향해 말하고 있다. 이 장면을 집필 직전 작가의 내면적 혼돈이라고 해석해보면 어떨까? 두 사람이 '엉뚱한 대답'만 한다고 느껴지는 것은, 아직 유려한 문어체 소설에 사로잡혀 있는 '오가이'가 그런 자신을 뛰어넘어 독자를 향해 말하고 싶은 '무언가'의 언어를 미처 받아들이지 못했기 때문이라고 해석해보자.

소설가는 작품 속에서 등장인물들이 대화를 하게 하지만,

그들은 서로 이야기를 나누는 것처럼 보이면서도 사실은 상상 속의 누군가, 즉 '독자'를 향해 이야기하고 있는 것이다. 이 작품에서도 전화 통화 장면에서 '오가이'는 '소세키'에게 말하고 '소세키'는 '오가이'에게 대답하지만, 지금 이 작품을 읽고 있는 우리의 입장에서 보면 이 등장인물들은 다름아닌 우리에게 말하는 것이다.

오가이의 구어체 소설이 태어나게 된 속사정

"자네가 하는 말을 정리해보면, 복수의 인간이 같은 장소에 있고, 어떤 것에 대해 연속적으로 발언을 하는 거지? 더구나 모든 말에 의미가 있어. 어때, 틀렸나?"

"아니."

"게다가 그 연속적인 발언이 하나로 연결되어 있고 의사소통도 이루어지고 있어. 아무래도 그 안에는 웃음이나 조크도 섞여 있는 것 같아. 어때, 틀렸나?"

"틀리지 않아."

"그렇다면 그런 걸 대화라고 하는 거야."

이 대목은 처음 읽어보면 그야말로 당연한 소리를 하는 것 같지만, 지금까지 살펴본 내용을 바탕으로 읽어보면 소설론으로 해석할 수 있다. "그런 걸 대화라고 하는 거야"라고 표현된 그 '대화'는 소설 속의 대화라고 파악할 수도 있고, 소설 그 자체로 파악할 수도 있다. '소세키'는 '그래, 그렇게 하면 돼. 아무 문제 없어'라는 말을 하려는 것이다.

메이지 시대의 문어체에서 '말할 때의 언어'를 도입한 언문일치의 구어체에 이르기까지의 우여곡절이 이 소설의 바탕이다. 여기에서는 '오가이'를 통해, 초기 3부작의 매혹적인 테마를 다룬 매혹적인 문어체가 전혀 매혹적이지 않은 고부간의 갈등을 마주했을 때, 그것을 어떻게 표현해야 할지 몰라 쩔쩔매는 모습이 그려지고 있다.

소설가 모리 오가이는 「한나절」에 이어 발표한 단편 「쓰이나追儺✣」의 첫머리에서 "소설이라는 것은 무엇을 어떤 식으로 쓰건 괜찮다"라고 했지만, 그저 지당한 말처럼 보이는 그 정의가 얼마나 큰 고심 끝에 나온 것인지를 다카하시의 이 소설은 시원시원한 만담 같은 대화 속에 훌륭하게 그려내고 있다.

✣ 입춘 전날 밤 볶은 콩을 집 안에 뿌려 악귀를 쫓는 행사.

'오가이'나 '소세키'가 무엇을 가리키는지, 처음에 곰곰 생각해본 것이 여기서 의미 있는 효과를 발휘할 것이다. 그리고 '주어화'된 '무언가'가 서로에게 영향을 끼치면서 변화해간다. 그것이 바로 소설의 깊은 맛이다.

※ 보이지 않는 링크를 클릭하며 읽는다

이 소설은 일본문학사에 대한 사전 지식이 없어도 나름대로 재미가 있지만, 그걸 알고 있으면 좀더 복합적인 해석의 즐거움을 만끽하며 읽을 수 있다. 뒤집어 말하면, 이 소설을 발판으로 삼아 문학사의 지식으로 점프하는 것도 얼마든지 가능하다.

'원래 모리 오가이의 「한나절」은 어떤 소설이지?'라든가 '「한나절」은 언제 쓴 작품일까?'라는 등의 궁금증이 생긴다면 그것을 조사해본다. 작가 오가이의 작품 경향이 궁금하다면 그의 소설 몇 편을 찾아 읽어본다. 그것만으로도 한 번의 독서 체험이 줄줄이 가지를 쳐나가는 무수한 독서 체험의 통로로서 기능한 셈이다.

소설이라는 것은 아무리 그 세계 속에서 완결된 것처럼 보여도 반드시 배후에 엄청난 정보와 지식의 확장성을 품고 있다. 그것은 과거의 문학작품이거나 과거의 문학작품이 태어난 토양이다. 물론 현대 일본일 때도 있고 작가의 개인적인 경험일 때도 있다.

인터넷의 링크처럼 책장의 언어 하나하나에는 무한한 링크가 첨부되어 있다. 소설 속에 「한나절」이라는 단어가 나왔다면 그 뒤에는 눈에 보이지 않는 링크가 길게 이어져 있는 것이다. 그것을 클릭해보느냐 마느냐가 한 번의 독서 체험의 두께를 크게 좌우할 것이다.

왜 사치요인가?

오가이의 「한나절」은 어느 집안의 고부간 갈등이 소재이고, 이것은 도저히 유려한 문어체로는 쓸 수 없어서 구어체로 집필되었다. 문체는 소재를 선택하는 힘이 있는데 그것은 동시에 배제하는 힘이 되기도 한다. 문어체로는 어떻게 해봐도 모두 다 길어올릴 수 없는 소재라서 비로소 구어체가 태어났다.

참으로 감동적인 그 순간에 선택된 것이 하필 고부간의 갈등이었다는 것은, 말 그대로 '하필'이라고 해야 할 일이었다.

이 책의 첫머리에서 확인한 '소설'이라는 단어의 ❶에 해당하는 어원적인 의미를 다시 떠올려본다면 그야말로 실감나게 이해가 된다.

시대가 다시 흘러 현대에 이르기까지 문학은 항상 지금 있는 언어로는 충분히 다 말할 수 없는 것들을 어떻게 이야기하고 어떻게 구제해야 할 것인지 고심해왔다. 이 소설에서 보이는 다카하시의 문체는 그런 성과물의 하나다.

그렇게 생각해보면 독자는 여기서 왜 굳이 '사치요'라는 인물을 꺼내들었는지 알 수 있을 것이다. 문호 모리 오가이가 고부간의 문제를 첫 시작으로, 성의 문제(「비타 섹슈얼리스」)에서부터 정치 문제(「식당」 등), 나아가 자신의 사상(「망상」 등)에 이르기까지 어떤 소설이든 쓸 수 있는 문체를 손에 넣었듯이, 다카하시는 여기서 문학사의 일대 사건에서부터 텔레비전 연예 프로그램에서 한동안 시끄럽던 스캔들까지 모두 동일한 지평에서 다룰 수 있는 문체를 모색하고 마침내 획득했던 것이다.

✻ 생각하고 쓰는 일의 딜레마

마지막으로 한 가지. 이 소설은, 혼자 끙끙거리며 고민하던 '오가이'가 친구 '소세키'에게 자신의 고민을 상담한다는 스토리지만, 조금 전에 말했듯이 문학사적인 사실로서 모리 린타로와 나쓰메 긴노스케가 이런 대화를 나눴으리라고는 상상하기 어렵다. 오가이가 점잖게 창작 때문에 고민한 이야기를 자문자답하는 형식으로 표현하는 것도 가능했을 텐데, 그랬다면 이 장면은 심심하고 답답한 모양새가 되었을 것이다. 대화라는 형식이었기 때문에 비로소 신나는 장면이 나온 것이고 독자도 한껏 즐길 수 있었던 게 아닐까.

이 소설에서 '소세키'라는 이름이 가리키는 '무언가'는 단순화하면 '콘셉트를 분명하게 정하지 않고서 글을 쓰기 시작하는 작가', 그리고 '오가이'라는 이름이 붙은 '무언가'는 '콘셉트를 정하지 않고서는 글을 쓰지 못하는 작가'로서 이른바 '모델화'가 되어 있다.

'소세키'는 이를테면 『나는 고양이로소이다』를 써낸 그 나쓰메 소세키다. 처음 한 장만 쓰고 끝내려고 했는데 어쩌다보니 줄줄이 써내려가서 긴 장편이 되어버렸다는 이 소설이 나쓰메 소세키의 데뷔작이다. 그에 비해 모리 오가이는 데뷔작 「무희」를 쓰기 전에 그 당시 독일에서 간행된 최신 유럽 소설을 몇십 권씩 독파하고, '소설은 마땅히 이러저러해야 한다'는 기본 방침까지 정해둔, 그야말로 만단萬端의 준비를 마친 상태였다.

결국 소설가는 그 양극 사이에서 항상 오락가락하는 것이다. '소설이란 무엇인가'라는 정의는 어떤 시대에나 소설가를 습격하는 의념疑念이다. 하지만 그것을 너무 깊이 끙끙 고민하다보면 글을 쓰지 못하는 순간이 닥치고 만다. 그래서 다른 한편으로는 '아무튼 쓴다'는 태도가 반드시 필요하다. 그 양극을 영원히 오락가락하는 것이 소설가의 일생이다.

이 작품은 어떤 시대에나 소설가를 덮치는 그런 반복적인 사건과, 문학사에서 단 한 번 일어났던 구어체의 탄생이라는 사건을 한데 겹쳐본, 대단히 치밀하고도 유연한 소설이다.

후루이 요시키치의 『사거리』 중 「한나절의 꽃」

후루이 요시키치古井由吉, 1937~는 일반 독자들이 존경하는 것과 마찬가지로 혹은 그 이상으로 소설가들이 존경해 마지않는 소설가로서, 항상 최신작이 기대되고 주목을 받는 존재이다.

똑같은 시대에 이토록 다른 내용과 문체의 작품이 쓰이고 있다는 것을 실감해보기 위해서도 후루이 요시키치의 소설은 이 책에서 다룬 그 밖의 소설들과 함께 반드시 비교하며 읽어봐야 한다고 생각한다.

『사거리辻』라는 연작 단편소설집 중에서 「한나절의 꽃半日の

花」이라는 작품을 살펴보자.

모리나카라는 주인공이 옛 친구 아오가키를 회상하는 이야기로, 눈이 많이 내리는 마을에서 살던 무렵에 두 사람은 눈 속을 함께 걸어간 적이 있었다. 다음은 아오가키가 술이나 한잔하자고 청해서 주인공이 그의 집을 찾아간 장면이다.

지금도 눈 오는 골목길에서 발소리가 들려오는 것 같다, 라고 아오가키는 반가운 듯이 말을 받고는, 천둥도 쳤어, 그러다 조용해지면 눈이 부쩍 더 쏟아졌지, 어쩐지 한 사람이 아닌 듯한 발소리가 울려서 신기해하고 있었는데 눈을 뚫고 사람이, 모리나카가 왔어, 하고서 꽃가지가 내다보이는 마당 쪽에 귀를 기울이고 있더니, 그나저나 그게 딱 하룻밤의 일이었는지 아니면 며칠 밤의 일이었는지, 그 동네에서 우리 둘 다 아는 사이였던 사람이 세상 떠난 그날 밤이었던 거 아닌가, 하고 물어서, 글쎄 그 동네에 우리 둘 다 아는 사람은 없었을 텐데, 하고는 모리나카는 딱 한 번의 일이었는지 몇 번 거듭했던 일이었는지 스스로도 잘 알 수가 없어서 그걸 생각하고 있으려니, 요즘에 불현듯 떠오른 일이야, 그럴싸한 기억도 없고 아마 꿈이었는지도 모르겠어, 하고는 화장실에 가려고 자리를 떴다. 그의 발소리가 들리지 않게 되자 부인이 앉음새를 단정히 바로잡고 모리나카를 향해 말없이 머리를 숙였다. 하소연하는 듯한 눈빛을 보이고는 뭔가 물어보기도 전에 아이를 재촉해 방에서 나갔다.

어지간한 얘기는 함부로 입 밖에 내지도 않았네만, 한 집안의 가장이 해가 가는지 달이 가는지도 모르고 있으니 집사람도 마음이 불안할 거야, 라고 아오가키는 방에 돌아오자 말했다. 식구들이 적잖이 동요한다는 건 알고 있는 것 같았다. 하지만, 눈이 보이지 않게 돼, 돌덩이처럼 눈이 멀어버려, 라고 다시 그 말을 꺼냈다. 식구들이 건넌방에 있는 모양인데도 그는 목소리를 낮추지 않았다. 세상을 제대로 보지 못하게 되었다는 한탄일 거라고 모리나카는 받아들였다. 그런데, 나아갈 수도 물러설 수도 없이 어둠 속에 주저앉아 있어, 소리를 쳐도 그 목소리까지 빨려들 것 같은 어둠이야, 라고 말했다. 신경성이거나 혹은 뇌의 장애인가 하고 모리나카는 순간적으로 걱정이 되었다. 자주 그러는가, 하고 물었더니 아오가키는 그 말에는 대답하지 않고, 무엇에 대한 응보인지 알고 있어, 진즉부터 알고 있었어, 라고 마당의 허공에 허우적거리는 시선을 던졌고, 모리나카는 그 눈빛이 너무도 맑은 것처럼 느껴져서, 정말로 보이지 않는 거 아닌가, 하고 역으로 마중을 나온 뒤부터 지금까지 아오가키의 행동거지로 봐서는 있을 수도 없는 일을 의심했지만, 아오가키의 시선은 띄엄띄엄 시간을 두고 떨어지는 꽃을 따라잡고 있었다.

꿈속의 얘기라는 것을 알고 모리나카는 일단 마음이 놓였다. 하지만 실제 현실의 일이야, 라고 아오가키는 말했다. 깨어나니까 꿈이기는 하지만, 깨어나도 실제 현실이야, 라고 했다. 오랜 세월의 꿈이라고도 했다. 요즘에는 아직 꿈을 꾸지 않는다고 부정하고서, 이미 꾸었다, 라고 다시 되돌아갔다. 한 번 꾼 꿈은 지나가지 않아, 라고 말했다. 아오가키의 그런 모순된 말을 모리나카는 미처 따라가지 못하고 있었지만, 그 말소리가 한없이 조용하고 온화하기까지 해서 어디에도 미친 듯한 구석은 전혀 없었기 때문에, 아오가키가 말하는 깨어나도 계속 이어진다는 그 꿈속으로, 선뜻 머릿속에 그려지지 않으면서도 반쯤 홀려들어갔다. 아오가키의 말소리는 식구들의 귀에도 들릴 터였지만, 말투로 봐서 아직 눈 깊은 그 마을의 추억 이야기를 나누는 것으로만 들릴 거라고 생각되었다.

응보라고는 해도 이렇게 눈이 멀어버릴 만큼의 대가를 치를 만한 일은 내 기억에는 없어, 그렇게 치열하게 살아오지도 않았어, 인과응보니 뭐니 하는 말을 들을 만한 집안에서 자란 것도 아니야, 그저 남들 비슷한 정도였어, 라고 아오가키는 침울하게 입을 꾹 다물고 있는 모리나카를 추슬렀다. 그야말로 아무것도 보이지 않아, 무슨 일이 있었다는 경위는커녕, 놀람도 의아함도 없어, 애초에 알맹이가 없는 거야, 그냥 보이지 않아, 라고 말했다. 하지만 무슨 일에 대한 응보인지 알고 있어, 진즉부터 알고 있었어, 라고 다시 그 얘기로 돌아갔다. 그 알고 있다는 것도 꿈속에서의 일이 아닌가, 라고 모리나카는 그제야 대꾸했다. 깨어나면 알지 못하는 거니까 꿈속의 일이야, 라고 아오가키는 선뜻 인정하고서, 하지만 이제야 꾸는 꿈은 아니야, 예전에 꾸었던 꿈을 다시 꾸는 것도 아니지, 이미 끝났어, 돌이킬 수 없는 일이야, 라고 말했다. 편집증의 고집스러움은 없고, 말로는 표현되지 않는 경계를 그 상태 그대로 내민 것만 같아서 모리나카는 어찌할 바를 모르고 있었다. 자신이 어중간하게 뭘 좀 알아들은 듯이 말을 받아준 게 잘못이고, 꿈 얘기는 어디까지나 꿈 얘기로서 물어봤어야 했다고 스스로를 나무랐지만, 그 뒤에 이을 말을 찾을 도리가 없었다. 그런 이야기를 하며 둘이 서로 술을 따라주고 있는 것이 마치 마당 밖에서 바라보는 광경처럼 느껴졌다.

✻ 문체의 목소리

「알고 보면 훨씬 더 무서운 「한나절」」에서는 문어체에서 구어체로 변화하는 언문일치 운동에 대해 살펴봤지만, '이야기하는 언어'와 구어체는 약간 다르다. '이야기하는 언어'에 대응하는 것은 '글로 쓰는 언어'이다.

'이야기하는 언어'는 『발로 차주고 싶은 등짝』에서도 살펴본 것처럼 목소리의 크기나 분위기, 표정, 손짓발짓 같은 대면 커뮤니케이션의 부속 정보에 기대어 언어를 생략하는 경향을 보인다.

얼굴을 마주하고 말할 때는 "그런가?" 하고 웃어주기만 해도 의사소통이 되지만, 표정이나 목소리 같은 신체 정보가 전혀 없는 상태에서 '글로 쓰는 언어'로 전달하려면 "동의하기는 하지만, 정확한 표현이라고는 생각하지 않는다"라는 식으로 부속 정보에 의지했던 부분을 언어로 표시해야 한다. 특히 인쇄물이나 인터넷 같은 전파傳播 미디어에서 멀리 떨어진 타인에게 뭔가를 전달하려 할 때는 화자의 신체 정보의 결락을

✣ 후루이 요시키치, 「한나절의 꽃」 『사거리』, 신초샤, 173~175쪽.

어떻게 보충할 것인지, 다양한 방법을 모색할 필요가 있다. 글로 쓰는 언어로서의 구어체의 수사법은 처음에는 그런 면에서부터, 그리고 나중에는 자율적으로 발전해나갔을 것이다.

문체에는 리듬이 있다. 특유의 단어 선택이나 말하는 버릇이 있다. 표기 방식 하나만으로도 느낌이 크게 달라진다. 그렇게 구어체의 글로 쓰는 언어는 빠져버린 목소리의 흔적을 품고 있다. 들어본 적도 없는 작가의 음성이 문득 가슴을 울린다. 어떻든 이야기가 무음無音 상태인 일은 없다.

후루이 요시키치의 문체에는 특히 강한 목소리의 여운이 있지만, 한편으로 주어화된 등장인물들에게도 당연히 생물학적 사회적 속성이 있어서 각기 다양한 목소리를 갖고 있다. 그것이 울림을 주는 것은 대화 부분이다.

『발로 차주고 싶은 등짝』은 대화문에서 등장인물의 목소리가 각자 발랄하게 울린다. 그것은 독자의 머릿속에 환기된 고등학생다운 목소리이고, 굳이 말하자면 문체의 바깥쪽에서 울리는 소리다. 지문의 문체에서 울리는 목소리는 아니라는 얘기다.

하지만 「한나절의 꽃」에서는, 따옴표를 사용해, 주어화된 모리나카, 아오가키라는 등장인물의 목소리를 밖에서 끌고 들어오는 일이 없다. 어디까지나 지문의 문체가 그 밑바탕에 지닌 목소리로 처음부터 끝까지 계속 이야기한다. 주어화되어야 할 등장인물들도 그 한 걸음 직전 술어의 움직임에 머무르는 경향이 있다.

그렇기 때문에 이 소설에 따옴표를 넣는 것은 원래 그렇게 하도록 되어 있지 않은 텍스트를 상처 입히는 만행이지만, 그런 위험을 무릅쓰고 독자와 함께 내용을 보다 깊이 있게 이해하기 위해 편의상 다음과 같이 변형시켜보았다.

"지금도 눈 오는 골목길에서 발소리가 들려오는 것 같다"라고 아오가키는 반가운 듯이 말을 받고는 "천둥도 쳤어, 그러다 조용해지면 눈이 부쩍 더 쏟아졌지, 어쩐지 한 사람이 아닌 듯한 발소리가 울려서 신기해하고 있었는데 눈을 뚫고 사람이, 모리나카가 왔어" 하고서 꽃가지가 내다보이는 마당 쪽에 귀를 기울이고 있더니, "그나저나 그게 딱 하룻밤의 일이었는지 아니면 며칠 밤의 일이었는지, 그 동네에서 우리 둘 다 아는 사이였던 사람이 세상 떠난 그날 밤이었던 거 아닌가" 하고 물어서 "글쎄 그 동네에 우리 둘 다 아는 사람은 없었을 텐데" 하고는 모리나카는 딱 한 번의 일이었는지 몇 번 거듭했던 일이었는지 스스로도 잘 알 수가 없어서 그걸 생각하고 있으려니 "요즘에 불현듯 떠오른 일이야. 그럴싸한 기억도 없고 아마 꿈이었는지도 모르겠어" 하고는 화장실에 가려고 자리를 떴다. 그의 발소리가 들리지 않게 되자 부인이 앉음새를 단정히 바로잡고 모리나카를 향해 말없이 머리를 숙였다. 하소연하는 듯한 눈빛을 보이고는 뭔가 물어보기도 전에 아이를 재촉해 방에서 나갔다.

"어지간한 얘기는 함부로 입 밖에 내지도 않았네만, 한 집안의 가장이 해가 가는지 달이 가는지도 모르고 있으니 집사람도 마음이 불안할 거야"라고 아오가키는 방에 돌아오자 말했다. 식구들이 적잖이 동요한다는 건 알고 있는 것 같았다. 하지만 "눈이 보이지 않게 돼, 돌덩이처럼 눈이 멀어버려"라고 다시 그 말을 꺼냈다. 식구들이 건넌방에 있는 모양인데도 그는 목소리를 낮추지 않았다. '세상을 제대로 보지 못하게 되었다는 한탄'일 거라고 모리나카는 받아들였다. 그런데 "나아갈 수도 물러설 수도 없이 어둠 속에 주저앉아 있어, 소리를 쳐도 그 목소리까지 빨려들 것 같은 어둠이야"라고 말했다. 신경성이거나 혹은 뇌의 장애인가 하고 모리나카는 순간적으로 걱정이 되었다. "자주 그러는가?" 하고 물었더니 아오가키는 그 말에는 대답하지 않고 "무엇에 대한 응보인지 알고 있어, 진즉부터 알고 있었어"라고 마당의 허공에 허우적거리는 시선을 던졌고, 모리나카는 그 눈빛이 너무도 맑은 것처럼 느껴져서 '정말로 보이지 않는 거 아닌가?' 하고 역으로 마중을 나온 뒤부터 지금까지 아오가키의 행동거지로 봐서는 있을 수도 없는 일을 의심했지만, 아오가키의 시선은 띄엄띄엄 시간을 두고 떨어지는 꽃을 따라잡고 있었다.

꿈속의 얘기라는 것을 알고 모리나카는 일단 마음이 놓였다. 하지만 "실제 현실의 일이야"라고 아오가키는 말했다. "깨어나니까 꿈이기는 하지만, 깨어나도 실제 현실이야"라고 했다. "오랜 세월의 꿈"이라고도 했다. "요즘에는 아직 꿈을 꾸지 않는다"고 부정하고서, "이미 꾸었다"라고 다시 되돌아갔다. "한 번 꾼 꿈은 지나가지 않아"라고 말했다. 아오가키의 그런 모순된 말을 모리나카는 미처 따라가지 못하고 있었지만, 그 말소리가 한없이 조용하고 온화하기까지 해서 어디에도 미친 듯한 구석은 전혀 없었기 때문에, 아오가키가 말하는 깨어나도 계속 이어진다는 그 꿈속으로, 선뜻 머릿속에 그려지지 않으면서도 반쯤 홀려들어갔다. 아오가키의 말소리는 식구들의 귀에도 들릴 터였지만, 말투로 봐서 아직 눈 깊은 그 마을의 추억 이야기를 나누는 것으로만 들릴 거라고 생각되었다.

"응보라고는 해도 이렇게 눈이 멀어버릴 만큼의 대가를 치를 만한 일은 내 기억에는 없어. 그렇게 치열하게 살아오지도 않았어. 인과응보니 뭐니 하는 말을 들을 만한 집안에서 자란 것도 아니야. 그저 남들 비슷한 정도였어"라고 아오가키는 침울하게 입을 꾹 다물고 있는 모리나카를 추슬렀다. "그야말로 아무것도 보이지 않아. 무슨 일이 있었다는 경위는커녕, 놀람도 의아함도 없어. 애초에 알맹이가 없는 거야. 그냥 보이지 않아"라고 말했다. "하지만 무슨 일에 대한 응보인지 알고 있어. 진즉부터 알고 있었어"라고 다시 그 얘기로 돌아갔다. "그 알고 있다는 것도 꿈속에서의 일이 아닌가"라고 모리나카는 그제야 대꾸했다. "깨어나면 알지 못하는 거니까 꿈속의 일이야"라고 아오가키는 선뜻 인정하고서, "하지만 이제야 꾸는 꿈은 아니야. 예전에 꾸었던 꿈을 다시 꾸는 것도 아니지. 이미 끝났어. 돌이킬 수 없는 일이야"라고 말했다. 편집증의 고집스러움은 없고, 말로는 표현되지 않는 경계를 그 상태 그대로 내민 것만 같아서 모리나카는 어찌할 바를 모르고 있었다. 자신이 어중간하게 뭘 좀 알아들은 듯이 말을 받아준 게 잘못이고, 꿈 얘기는 어디까지나 꿈 얘기로서 물어봤어야 했다고 스스로를 나무랐지만, 그 뒤에 이을 말을 찾을 도리가 없었다. 그런 이야기를 하며 둘이 서로 술을 따라주고 있는 것이 마치 마당 밖에서 바라보는 광경처럼 느껴졌다.

※ 원래 대화에 따옴표를 붙이지 않았다

대화문에 따옴표를 붙이는 규칙은 현대의 독자에게는 당연한 일이 되었지만, 원래 메이지 시대 이후에 처음 시작된 것이다. 문장부호의 규칙 문제에 대해 길게 얘기할 수는 없지만, 「알고 보면 훨씬 더 무서운 「한나절」」에서도 살펴본 것처럼 소설 안에서 아무리 등장인물 간의 대화가 많이 이루어져도 결국 그것은 작가가 독자를 향해 말하는 목소리라는 점을 생각한다면 사실 따옴표는 오히려 불필요한 것이라는 느낌도 든다. '이야기하는 말'의 이야기가 원래 따옴표를 갖고 있지 않은 것과 마찬가지다.

※ 시간의 축은 만들어지는 것

예문에서 『젊음 없는 젊음』에서도 보았던 직선적인 시간축의 해체를 확인할 수 있을 것이다.

「한나절의 꽃」은 전체가 하나의 회상 형식을 취하고 있지만, 회상 속에 다시 낱낱의 회상이 있고, 또한 바로 지금 이야기를 시작하려고 하는 현재가 있다.

원래 인간의 머릿속은 과거로부터 미래를 향해 곧장 일직선으로, 균등하게 시간의 축이 정리되어 있는 것은 아니다. 현재의 일을 생각하다가 그다음 순간에는 몇십 년 전의 일을 떠올리기도 한다. 문득 장래의 일이 생각나서 불안해지기도 한다. 그러한 혼돈에 인과관계를 부여하고 일반 사회에서 통용되는 시계와 달력에 이어붙여 정리한 것이 우리가 갖고 있는 시간 감각이다.

> 그나저나 그게 딱 하룻밤의 일이었는지 아니면 며칠 밤의 일이었는지, 그 동네에서 우리 둘 다 아는 사이였던 사람이 세상 떠난 그날 밤이었던 거 아닌가.

아오가키의 이 말에는 기억이 혼돈에 빠진 광경을 시간의 축 위에 놓고 원근을 주려고 하는 절차의 긴박감이 있다. 뭔가 손상되고 사라져버릴 것 같고 또한 뭔가 보일 듯하기도 하다. 이렇게 더듬더듬 찾아나가는 느낌이 대화에 일관적으로 감돌고 있다.

※ 대화를 나아가게 하기 위해 사람 수를 줄인다

그의 발소리가 들리지 않게 되자 부인이 앉음새를 단정히 바로잡고 모리나카를 향해 말없이 머리를 숙였다. 하소연하는 듯한 눈빛을 보이고는 뭔가 물어보기도 전에 아이를 재촉해 방에서 나갔다.

'부인'이 방 밖으로 나가고 모리나카와 아오가키 두 사람만의 대화로 접어든다. 직접적인 의미로서는 조심스러운 배려로 파악되지만, 소설 작법이라는 의미에서는 이 자리에 부인이 계속 머물게 되면 두 사람이 솔직하게 속마음을 털어놓기가 아무래도 어려울 것이고, 대화가 이어지는 동안에 부인은 어떻게 하고 있는지 독자는 신경이 쓰이게 된다. 그렇다고 일일이 부인에 대한 묘사를 끼워넣는 것도 번거롭다. 부인이 밖으로 나감으로써 결과적으로 둘이서만 이야기하는 장면이 설정된다.

불필요한 요소를 프레임 밖으로 내보내면 인간의 인식은 보다 강하게 한곳에 집중된다. 그렇다고 너무 부자연스럽게 사람을 빼버리면 위화감이 느껴질 테지만, 여기에서는 아오가키의 아내에 대한 묘사가 그리 상세하진 않았어도, 그 방에서 나갔다는 행위 자체가 오히려 그녀라는 주어를 충전해주고 있다.

특히 "아이를 재촉해"라는 사소한 구절을 끼워넣어서, 독자는 대화가 핵심을 향해 다가간다는 예감을 품을 수 있다.

앞서 출간한 『책을 읽는 방법』에서는 미시마 유키오의 『금각사』에서 등장인물이 음료수나 차를 마시는 것으로 대화의 구획을 보여준다는 점을 지적했었다. 이렇듯 세세한 간격을 어떻게 두느냐에 따라 그 뒤에 이어지는 내용의 인상도 상당히 달라진다.

『사거리』의 의미는?

「한나절의 꽃」이 『사거리』라는 제목의 연작 단편집에 수록된 이유에 대해 생각해보자.

인간은 태어나서 죽을 때까지 일직선의 시간의 흐름을 따라 사고하고 활동하는 것처럼 보이지만 실은 항상 어느 쪽으로 향해야 할지 알 수 없는 불안 속에 놓여 있다. '사거리'는 사방으로 길이 열린 장소이고, 어떻게 해야 할지 모르겠는 장소이고, 어디서 왔는지 어디로 갈지 길을 잃은 채 우두커니 서 있는 장소다. 문화인류학에 지식이 있는 사람은 '사거리'의 한복판에 죄인을 묻는 관습이나 '사거리'에서 죽은 자나 악마를 맞닥뜨렸다는 전설을 알고 있을 것이다.

눈 오는 날에 길을 잃고 헤맨 인상적인 사건과 이 『사거리』의 상징성을 함께 생각해보자. 그 가운데서 나오는 아오가키의 "눈이 보이지 않게 돼, 돌덩이처럼 눈이 멀어버려"라는 말이 이야기하려고 하는 바는 무엇일까.

꿈속의 얘기라는 것을 알고 모리나카는 일단 마음이 놓였다. 하지만 실제 현실의 일이야, 라고 아오가키는 말했다. 깨어나니까 꿈이기는 하지만, 깨어나도 실제 현실이야, 라고 했다. 오랜 세월의 꿈이라고도 했다.

한 번 꾼 꿈은 지나가지 않아,

하지만 무슨 일에 대한 응보인지 알고 있어, 진즉부터 알고 있었어, 라고 다시 그 얘기로 돌아갔다. 그 알고 있다는 것도 꿈속에서의 일이 아닌가, 라고 모리나카는 그제야 대꾸했다. 깨어나면 알지 못하는 거니까 꿈속의 일이야, 라고 아오가키는 선뜻 인정하고서, 하지만 이제야 꾸는 꿈은 아니야, 예전에 꾸었던 꿈을 다시 꾸는 것도 아니지, 이미 끝났어, 돌이킬 수 없는 일이야, 라고 말했다.

작가가 여기서 말하는 '꿈'이란 무엇인가. 까닭 없는 '응보'이며, 한 번 꿈을 꾼 이상 지나가는 일도 없고, 돌이킬 수도 없다. 그리고 눈이 보이지 않게 된다.

이 꿈을 죽음이라고 해석하는 것도 가능할까. 죽음이야말로 방향의 상실이고, 미래에 바쳐진 과거의 정리整理를 무의미하게 만드는 것이며, 절대 어둠이다.

인간은 하루하루 삶의 한복판에서 언제 섬뜩한 죽음이 덮쳐들지 알지 못한 채 살아간다. 눈길을 헤맸던 별스러울 것 없는 체험이 어떤 일의 진실을 열어 내보인 일이라는 것을 깨닫고 오싹해한다. 윤리나 언어로는 모두 다 길어올릴 수 없는 그 꿈 같은 뭔가에 형태를 부여하려고 수많은 언어가 사용된다.

그것은 결코 깨지 않는 꿈이며, 이윽고 확실하게 현실이 되고 게다가 그 감촉조차 확인할 수 없는 꿈이다.

아오가키는 아직 죽음으로써 그것을 명료하게 자각한 것은 아니다. 하지만 그 자각이 도무지 찾아오지 않기 때문에 더 으스스한 것이다. 생의 감각이 뒤흔들리고 느닷없이 뭔가의 어둠이 언뜻언뜻 보인다. "눈이 멀어버릴 만큼의 대가"라고 표현되는 그 꿈이 도래를 예고한 채 아직은 어딘가에서 멈춰 서 있는 불온함이 두 사람의 대화에서 감지된다.

※ 효율적인 언어와 대극에 놓인 세계

죽음이란 합리화된 사회생활 속에서 효율성을 우선시하는 언어로는 표현될 수 없는 으스스한 것이다. 일상의 언어로 표현하려고 하면 아무래도 밑바탕부터 위태위태해서 제대로 모두 다 포착할 수 없다. 받아들이는 쪽에서도 그 감촉을 느낄 수가 없다.

인터넷이 등장한 이후, 말과 글은 점점 더 메마른 것이 되어가고 있지만, 그건 하루당 정보 처리량이 10년 전과는 비교도 되지 않을 만큼 엄청난 가운데서 말과 글 자체가 살아남기 위해 변화하려고 하기 때문이다. 언어는 맹렬한 기세로 점점 더 속도가 빨라지고, 그것을 미처 따라잡지 못하는 언어는 차례

차례 떨려나가고 있다. 하지만 거기에서 다뤄질 수 없는 것이, 아니, 어쩌면 거기서 다뤄질 수 없는 것만이 문학의 테마가 될 것이다.

날마다 주고받는 문자의 디스플레이에 들어가는 글자 수는 한정되어 있고, 그것만으로는 미처 다 말하지 못한 뭔가가 있기 때문에 수많은 현대인이 날마다 인터넷상의 블로그에 글을 올리고 있다.

「한나절의 꽃」에서 이야기하는 언어는 일상이 속도에 휘말려 굳이 바라보려 하지 않는 것을 밑바닥에서부터 천천히 길어올려 정성스럽게 밝은 곳으로 차례차례 꺼내놓는다. 그것은 문학이 문학이어야 할 필연성을 묻는 목소리이기도 하다.

이사카 고타로의 『골든 슬럼버』

소설 장르 구분의 이점과 폐해는 기초편에서도 말한 바 있지만, 실제로 많은 독자들이 자연스럽게 각 장르의 차이를 감지한다. 대중문학과 순수문학이라는 구분도 이런저런 말들이 많지만 현실적으로는 존재하고 있다. 대중문학 작품을 선호하는 사람은 그쪽을 중심으로 읽고, 순수문학을 좋아하는 사람은 그쪽으로만 골라 읽는 경향은 아직도 있을 것이다.

현재 맹활약을 펼치고 있는 이사카 고타로伊坂幸太郎, 1971~의 소설 『골든 슬럼버』는 그 자신의 말에 따르면 '이사카 고타로다운 오락소설을 철저히 추구해보면 어떤 작품이 나올까'라는 점을 염두에 두고 썼다고 한다. 그야말로 본격적인 엔터테인먼트 소설이다. 야마모토 슈고로상을 수상하는 등 2008년 출판계를 크게 뒤흔들었다.

총리 암살의 범인으로 몰리게 된 젊은이의 이야기로, 여기서 예로 든 문장은 사건 직후의 장면이다.

샛길로 들어선 순간 곧바로 오른쪽 길로 꺾어든다. 눈앞에 나타난 네거리에서 왼쪽으로 꺾는다. 그대로 쭉 달리면 동서로 뻗은 큰길이 나온다. 여전히 경찰이 뒤쫓고 있겠지만 아직 거리는 있다. 어깨에 둘러멘 가방을 뒤적인다. 휴대전화를 꺼낸다.

어디에 걸 생각이지? 호흡이 가쁘다. 배달을 그만둔 지 석 달 만에 이토록 체력이 떨어졌나 싶어 놀란다.

길 좌우에 들어찬 건물에서 드문드문 사람들이 나온다. 눈을 들어올리니 창에서 바깥을 보는 이도 많다. 한순간, 그들이 자신을 지켜보고, 노려보며, 더 심하게 말하자면 감시하고, 추적자에게 소재를 알리기 위해 있는 게 아닌가 싶어 무서워졌다. 이래서야 중과부적, 외톨이가 된 채 구불구불 아무리 달린들 도망쳐낼 재간이 없다. 자리에 주저앉아 "안 되겠습니다" 하며 백기를 들고 싶은 마음이 굴뚝같다. 하지만 자세히 보니 하나같이 동쪽 방향으로 더 먼 곳을 살피고 있다. 히가시니반초 거리 퍼레이드에서 벌어진 소동을 궁금해하는 것이다.

무슨 일이 일어난 거지?

"가네다는 퍼레이드 도중 암살돼." 모리타는 그렇게 단언했다. "숲의 목소리?" "숲의 목소리 따위, 없어."

편도 1차선으로 나간다. 도무지 현실로 믿기 힘들 만큼 아수라장이었다. 사람들이 좌우로 정신없이 달리고 있다. 인도뿐 아니라 정차된 차 사이를 누비듯이 종횡무진 찻길까지 횡단한다. 서둘러 주위를 둘러본다. 아까 본 하얀 연기가 여전히 자욱하다.

"저기." 아오야기는 오른쪽에서 뛰어온 양복 차림의 남자를 불러세운다.

"뭐요?" 노골적으로 불편한 심기를 드러내며 멈춰 섰다.

"무슨 일이 일어난 거죠?"

"퍼레이드중에 폭발이오."

"그래서 지금 다들 어디로 가는 거죠?"

"현장에 가거나 달아나거나, 둘 중 하나겠지."

"피해가 심각한가요?"

"뻔하지, 가네다는 즉사했을걸." 가봐야 한다며 남자는 구경꾼 특유의 사명감을 보이며 달려갔다. 퍼레이드중 폭발이, 가네다는 즉사. 그 말이 언어로는 파악이 되었지만 실감이 나지 않는다. "오즈월드." 모리타가 발음한 단어의 메아리가 다시 되살아난다.

등 뒤쪽에서, 즉 지금 막 자신이 달려온 방향에서 공기가 풍선처럼 부풀면서 산산이 흩어지는 느낌이 왔다. 소리가 파열되고, 바람이 불었다. 어떤 이의 비명 소리가 길게 울렸다. 인도를 오가던 사람들이 걸음을 멈추고 입을 벌린 채 눈을 든다.

"뭐야, 또 폭발이야?" 누가 그렇게 내뱉었다.

"어이, 이게 다 뭐야?" 다른 누군가가 외쳤다.

아오야기는 혼란 속에 발을 왼쪽으로 내디뎠다가 곧장 오른쪽으로 방향을 틀었다. 폭발음과 진동에 놀라 걸음을 멈춘 행인들 틈으로 정차된 택시가 보였다. 빈 차라는 표시등이 켜져 있다. 망설일 여유도 없었다. 문이 열린 뒷좌석으로 미끄러지듯 들어갔다.

"손님, 또 폭발인가본데요." 운전기사가 말했다. 머리가 길어 귀까지 덮고 있다. 백미러를 보니 이마가 눈에 들어왔다. 숱한 주름이 이마를 가로지르고 있다. 백미러에서 두 사람의 눈이

미주쳤다.

"역시 폭발인가요, 저 소리."

"글쎄, 뭐가 뭔지."

"차, 갈 수 있나요?"

"어디까지 갑니까?"✢

엔터테인먼트 작품의 두 가지 특징

영화든 소설이든 마찬가지지만, 엔터테인먼트로 분류되는 작품에서 특징적인 두 가지 요소는 '수수께끼 풀기'와 '도망'이다.

'수수께끼 풀기'의 핵심인 '알고 싶다'는 욕구에 대해서는 앞서 말한 바 있다.

'도망'은 어떨까.

✢ 이사카 고타로, 『골든 슬럼버』, 신초샤, 120~122쪽. 이 부분의 한국어 번역은 『골든 슬럼버』, 김소영 옮김, 웅진지식하우스, 2008, 134~136쪽에서 발췌하였다.

가장 알기 쉬운 예는 꿈이다. 우리는 어떤 꿈을 꿀 때 단 한 순간도 긴장을 풀지 못하고 필사적으로 그 꿈에 몰입하게 되는가. 아마 뭔가에 쫓기며 도망치는 꿈일 것이다.

다른 꿈이라면 느긋하고 마음 편하게 꿀 수 있겠지만 도망치는 꿈만은 그렇게 되지 않는다. 아무튼 죽을 둥 살 둥 쫓겨 다니느라 문득 깨고 보면 땀에 흠뻑 젖어 있거나 숨을 헉헉거리기도 한다.

영화에서도 주인공이 누군가에게 쫓기는 장면에서는 중간에 자리를 뜰 수가 없다. '도망'을 소재로 한 영화라면 수없이 많다. 〈인디아나 존스〉도 그렇고 모든 모험영화의 핵심은 '수수께끼 풀기'와 '도망'이다. 거기에 러브로맨스가 조금 버무려지는 정도라고 할까.

'도망'이라는 소재에서는 누가 등을 떠밀기라도 한 것처럼 이러니저러니 할 것도 없이 플롯이 쭉쭉 내달린다. '수수께끼 풀기'일 때는 오히려 꼬꾸라지다시피 저절로 플롯을 찾아나간다.

이 두 가지 요소는 소설이든 영화든 텔레비전 드라마든 수없이 되풀이되는데도 아직껏 독자나 관람자를 싫증나게 하는 일이 없다.

수수께끼를 풀면서 도망친다. 도망치면서 수수께끼를 푼다. 이 조합이 가진, 독자들이 책장에서 눈을 떼지 못하게 하는 힘을 새삼 깨닫게 한 작품이 『골든 슬럼버』다.

⌘ 현실에서 살짝 떠오른 무대 설정

『골든 슬럼버』가 '오락소설'로서 성공한 이유 중의 하나는 방금 말한 '수수께끼 풀기'와 '도망'이다. 뭐가 뭔지 알 수 없는 이유로 총리 암살범으로 몰린 주인공은 아무튼 도망치고 또 도망친다. 그 과정에서 왜 일이 이렇게 되었는지, 수수께끼의 해명이 차례차례 이루어진다.

이 작품은 케네디 암살에 대한 일종의 패러디물이다. 소설 앞부분에서 '오즈월드는 정말로 범인이었는가'라는 의문을 던지며 아직도 의문을 품은 사람들이 존재한다는 내용이 나오는데, 이 소설의 주인공도 문득 깨닫고 보니 자신이 오즈월드와 똑같은 처지임을 감지하고 아무튼 필사적으로 도망치게 된다.

그래서 줄거리상으로는 일본에서 총리 공선제公選制를 실시하는 것으로 설정되어 있다. 일본이라는 나라가 비좁고 인구는 많은 데다 원래부터 갖고 있던 정치적 성향이나 역사적 배경 등 여러 가지 이유에서 총리 공선제는 어렵다고 생각하는 사람이 많지만, 그것이 비현실적인 일이기 때문에 오히려 이 소설에서는 그런 현실적인 구속의 족쇄를 풀어버리고 자유로운 엔터테인먼트 공간을 획득한 것으로 보인다.

감시 시스템이 촘촘한 그물망처럼 펼쳐져 있다는 설정도 가까운 미래에 우리 사회에서 충분히 실현될 가능성이 있다는 점에서 독자의 흥미를 끈다.

작가는 작품의 무대를 설정하면서 리얼리즘과 황당무계함을 어떤 비율로 배합할 것인가 하는 문제로 고민하게 마련이다. '오락소설'일 경우에는 그야말로 오락이기 때문에 지나치게 현실적이면 스토리에 대한 몰입감이 떨어진다. 그렇다고 작가의 망상이 지나치게 튀어나오면 이런 황당무계한 이야기는 읽고 싶지 않다는 마음이 들기도 한다. 『골든 슬럼버』의 경우, 현실에서 살짝 떠오른 듯 절묘한 비현실적 설정 덕분에 테러라는 심각한 사건을 독자들에게 그리 큰 거부감을 주지 않으면서 속도감 있게 풀어나갈 수 있었던 것이 아닐까.

⌘ 엄청난 사건에는 엔터테인먼트가 있다?

이 작품은 폭탄 테러로 총리가 암살되는 이야기지만 사건의 정치적 배경에 대해서는 그리 깊이 파고들지 않는다. 그런 점을 추구했다면 또다른 종류의 '오락소설'이 되었겠지만 아무래도 '도망'의 속도감은 떨어지고 좀더 규모가 큰 소설이 나왔을 것이다. 그런 의미에서는 '작게 쓰기小說' 위한 구상構想을 철저히 계산했다는 인상을 준다.

등장인물의 이름이 '아오야기 마사하루' '모리타 신고'라는 식으로 계속 풀 네임으로 나오고 있는 것도 특징적이다. 역사적 사건에 관련된 인물이나 뉴스에서 보도되는 용의자 등은 기본적으로 풀 네임이 나오는 점에 비추어, 이 소설의 등장인물들이 미디어 속에서 정보화된 존재라는 이미지가 알게 모르게 독자의 의식에 자리를 잡는다.

⌘ 전반과 후반이 선대칭을 이루고 있다

오락소설의 재미 중 한 가지로 자주 언급되는 것이 '복선'

이다. 플롯의 곳곳에 작은 수수께끼가 박혀 있어서 읽어나가는 사이에 '아, 그게 그렇게 된 거였구나' 하고 차츰차츰 전말이 밝혀진다. 그리고 그 자잘한 수수께끼의 해결이 최종적으로는 '궁극의 술어'로 이어진다. 이것이 '복선'의 재미다.

『골든 슬럼버』의 경우, 소설 전반부의 복선과 후반부의 해결이 작품 중앙부를 끼고 거의 선대칭으로 배치되어 있다. 평소에 오락소설을 그리 많이 접하지 않은 독자라면 문제와 해답의 기하학적인 응답 구조 자체에도 신선함을 느꼈을 것이다. 어쩌면 수학식 문제를 받고 스스로 풀어본 답을 작품과 맞춰나가는 쾌감인지도 모른다.

⌘ 독자를 끌어들이는 연구

『골든 슬럼버』는 삼인칭소설이지만 시점은 주인공의 시점에 가까운 형태로 되어 있다.

> 샛길로 들어선 순간 곧바로 오른쪽 길로 꺾어든다. 눈앞에 나타난 네거리에서 왼쪽으로 꺾는다. 그대로 쭉 달리면 동서로 뻗은

큰길이 나온다. 여전히 경찰이 뒤쫓고 있겠지만 아직 거리는 있다. 어깨에 둘러멘 가방을 뒤적인다. 휴대전화를 꺼낸다.

독자의 시선이 주인공의 시선과 정확히 맞아떨어져 직접 작품 속에 뛰어들어 주변을 보고 있는 것 같다. 여기에 있는 것은 필요한 최소한의 인식일 뿐, 묘사는 일절 없다. 그것이 실제로 달리고 있는 듯한 긴장감을 부여해준다.

어디에 걸 생각이지? 호흡이 가쁘다. 배달을 그만둔 지 석 달 만에 이토록 체력이 떨어졌나 싶어 놀란다.

이 육체적 감각을 삽입함으로써 주인공과 독자의 시점은 일체감이 한층 더 긴밀해진다.

길 좌우에 들어찬 건물에서 드문드문 사람들이 나온다. 눈을 들어올리니 창에서 바깥을 보는 이도 많다.

"눈을 들어올리니"라는 부분은 주인공이 시선을 위로 향하는 것을 보여줌과 동시에 독자의 시선을 위로 향하게 하는 역할도 맡고 있다. 소설에서는 독자의 시선을 다음 묘사 장면으로 이끌기 위해 '얼굴을 든다'라든가 '시선을 아래로 떨어뜨리다'와 같이, 등장인물의 눈의 움직임을 시사하는 말을 활용하는 일이 많다.

주인공의 시선이 한 곳만을 응시하고 있으면 주인공의 배후에 있는 공간적인 넓이를 알 수 없기도 하고, 그런 상태로 묘사해버리면 작가의 시점이 끼어들었다는 것이 뻔히 느껴지기 때문이다. 당연히 여기서는 초조감에 휩싸인 주인공의 시점인 만큼 묘사는 재빠른 사실 확인에 그쳐야 한다.

독자를 어떻게 배반할까

기초편에서도 말했지만 이 작품에서도 '예상을 배반한다'는 것이 독자의 흥미를 지속시키는 데 큰 기여를 하고 있다. '도망'과 '수수께끼 풀기'라는, 자칫하면 플롯의 화살표가 직선적이 되기 쉬운 소재야말로 독자의 예상을 최대한 다이내믹하게 배반해서 '그다음은 어떻게 되는 거지?'라는 기대감을 지속적으로 자극하지 않으면 안 된다. 독자를 배반하는 것이 집중해서 그다음 페이지를 읽게 하는 원동력인 셈이다.

한순간, 그들이 자신을 지켜보고, 노려보며, 더 심하게 말하자면 감시하고, 추적자에게 소재를 알리기 위해 있는 게 아닌가 싶어 무서워졌다. 이래서야 중과부적, 외톨이가 된 채 구불구불 아무리 달린들 도망쳐낼 재간이 없다. 자리에 주저앉아 "안 되겠습니다" 하며 백기를 들고 싶은 마음이 굴뚝같다. 하지만 자세히 보니 하나같이 동쪽 방향으로 더 먼 곳을 살피고 있다. 히가시니반초 거리 퍼레이드에서 벌어진 소동을 궁금해하는 것이다.

이 부분에서는 도망치는 주인공이 주위 사람들로부터 일제히 감시를 당하는 듯한 느낌을 풍겨서 독자도 함께 가슴이 철렁하게 되는데, 그다음에 "하지만 자세히 보니" 실은 착각이었다는 것이 밝혀진다. 이로써 계속 도망쳐야 하는 주인공이 의심에 휩싸인 불안한 모습을 묘사하고, 그와 동시에 절박한 상황에서 인식 기능이 저하된 것도 표현하고 있다.

※ 독자의 의문을 대변하는 목소리

무슨 일이 일어난 거지?

여기에서도 역시 등장인물의 질문은 독자의 의문을 대변하는 목소리임과 동시에 그것에 대한 답을 이끌어내서 플롯을 전진시키는 기능을 맡고 있다.

"가네다는 퍼레이드 도중 암살돼." 모리타는 그렇게 단언했다.

가네다는 총리이고, 모리타 신고는 주인공의 친구이다. 모리타 신고는 스스로 예지 능력이 있다고 일컫는 사람으로, 그의 예언과도 같은 말들이 군데군데 기억이라는 형태로 삽입되고 있다. "무슨 일이 일어난 거지?"라는 의문에 대한 가상의 대답이다.

이 단계를 한 차례 거친 뒤에 대답이 나온다.

"무슨 일이 일어난 거죠?"

"퍼레이드중에 폭발이오."

"무슨 일이 일어난 거지?"라는 수수께끼에 대해 정보를 수집해서 "퍼레이드중에 폭발"이라는 보다 확실성이 높은 대답에 가닿았다.

'수수께끼 풀기'에서는 당연한 이야기지만,

주인공이 의문을 품는다

↓

추측에 의한 가상의 답을 내놓는다

↓

정보를 받는다

↓

대답을 수정한다, 새로운 추측

↓

새로운 정보를 받는다

↓

대답을 수정한다

와 같은 식으로 맨 처음에 제시한 의문에 대해 보다 완벽한 술어를 심화해간다. 여기에서는 "퍼레이드중에 폭발이오"가 완벽한 술어다. 기본적으로 등장인물의 의문 다음에는 중요한 정보가 나올 가능성이 높다는 점을 유의해서 읽어보자. 포인트가 되는 것은 '정보' 수집이고 추론이다.

어떻게 정보를 보여주는가

『젊음 없는 젊음』에서 등장인물의 입을 빌려 우회하는 방법으로 설정에 리얼리티를 부여한다는 것을 살펴보았다. '완벽한 프랑스어를 구사하는 박사'의 이야기다.

『골든 슬럼버』처럼 플롯 안에서 대사건이 일어났을 때도 그것이 단순히 작가에 의해 마음대로 설정된 얘기로 받아들여지는 일이 없도록 등장인물의 입을 빌리는 것이 중요하다.

"피해가 심각한가요?"
"뻔하지, 가네다는 즉사했을걸."

약간 빗나가는 이야기지만, 이를테면 텔레비전에서 방송하는 정치가의 인터뷰에서도 인터뷰이가 지나치게 정면으로 카

메라를 바라보며 말을 하면 어쩐지 그 말의 진실성에 대한 의심이 생긴다. 그런데 누군가와 이야기하는 모습을 대각선 방향에서 비춰주면, 시청자는 객관적으로 판단할 여지가 주어진 것 같아 도리어 진실한 말로 느끼게 된다.

소설도 그와 비슷한 면이 있다. 너무 정직하게 작가가 독자를 향해 설정을 설명하면 소설의 흥분이 사라져버린다. 주어화된 인물이 등장해서 대화도 하고 이동도 하는 소설이라는 형식이 왜 필요한지, 그런 점도 이유가 될 것이다.

※ 정보를 제공하기 위해서만 등장하는 인물

소설에는 정보를 제공하기 위해서만 등장하는 인물도 있다. 이 장면에서는 주인공이 불러세운 행인이 그런 사람이다.

"저기." 아오야기는 오른쪽에서 뛰어온 양복 차림의 남자를 불러세운다.

"뭐요?" 노골적으로 불편한 심기를 드러내며 멈춰 섰다.

"무슨 일이 일어난 거죠?"

"퍼레이드중에 폭발이오."

"그래서 지금 다들 어디로 가는 거죠?"

"현장에 가거나 달아나거나, 둘 중 하나겠지."

"피해가 심각한가요?"

"뻔하지, 가네다는 즉사했을걸." 가봐야 한다며 남자는 구경꾼 특유의 사명감을 보이며 달려갔다.

구경꾼 남자는 정보를 제공하는 역할을 충실히 한 다음에 사라진다. 이 사람은 작품 속에 두 번 다시 나오지 않지만, 실제 상황이었다고 해도 이런 구경꾼 같은 사람은 반드시 있게 마련이라서 거의 어떤 이질감도 느껴지지 않는다. 자연스러운 형태로 또 한 가지 정보가 주인공에게, 다시 말해 독자에게 제공되고 있다. 이런 인물은 기초편에서도 살펴본 대로 플롯의 배경에만 머물게 하기 위해 고유명사에 의한 '주어화'가 강조되어서는 안 된다.

"뭐야, 또 폭발이야?" 누가 그렇게 내뱉었다.

"손님, 또 폭발인가본데요." 운전기사가 말했다.

이 두 부분도 마찬가지다.

어떤 정보든 작가 스스로 말하는 법 없이 제공자는 따로 있고, 게다가 그 제공자가 속도감 있게 적재적소에 배치되었다는 것이 이 소설이 지닌 현장감의 핵심이다.

⌘ 독자가 시간을 조절할 수 있다

여기서 술어의 두 가지 분류를 다시 떠올려보자. 주어 충전형과 플롯 전진형이다.

『골든 슬럼버』의 경우, 그중에서도 주어 충전 기능을 하는 술어가 아주 적다는 것이 특징이다. 그 때문에 격조사를 끼워 넣은 작은 화살표는 항상 앞으로 쭉쭉 나아간다. 주인공이 극히 평범한 젊은이로 설정되어 있기 때문에 내면 묘사는 정체감이 없고 복잡한 심리를 설명하지 않는 만큼 주어의 빈 곳은 감정이입을 하는 독자가 제각기 충전할 수 있다.

물론 플롯을 전진시키는 이 자그마한 화살표들은 단조로운 운동을 하는 일 없이 매우 세밀하게 돌아가는 코너링으로 독자의 감정을 주무른다.

아오야기는 혼란 속에 발을 왼쪽으로 내디뎠다가 곧장 오른쪽으로 방향을 틀었다.

작가가 그렇게 의도했는지 어떤지는 모르겠지만, 『골든 슬럼버』는 독자가 속도를 자유롭게 조절하면서 읽을 수 있는 소설이라는 것이 다 읽고 난 뒤의 내 느낌이었다.

플롯은 단순하고 전개가 빠르기 때문에 도망치는 장면 등은 읽지 않고 건너뛰고 싶다면 얼마든지 건너뛸 수 있고 찬찬히 읽고 싶다면 그것도 가능하다.

DVD라면 주인공이 여기저기 도망다니는 장면이 싫증날 때는 빨리감기를 해도 대충 내용을 파악할 수 있어서 내면을 돌아보는 장면이나 대화하는 장면이 나올 때만 찬찬히 들여다보면 된다.

물론 그런 식으로 읽는 게 바람직하다는 건 아니지만, 『골든 슬럼버』의 뛰어난 가독성은 독자가 책을 읽어나가는 속도를 조절할 수 있는 폭이 매우 넓은 데서 비롯되었을 것이다. '빨리감기'와 '느린화면'을 적용하면서 읽다보면 원고지 2000매에 달하는 장편인데도 눈 깜짝할 사이에 책장이 술술 넘어가는 것이다.

세토우치 자쿠초의 『발』 중 「환」

세토우치 자쿠초瀨戶內寂聽, 1922~가 2000년에 발표한 단편집 『발髮』 속의 「환幻」이라는 작품이다.

『골든 슬럼버』와는 전혀 딴판으로, 이 단편은 작가의 내면에 갇힌 채 미처 하지 못한 말들을 치밀한 문장으로 써내려가고 있다.

이혼한 옛 남편이 암으로 병원에 입원해 전화를 걸어오는 장면에서부터 이야기가 시작된다.

오래전부터 별거중이어서 각자 교토와 도쿄에 떨어져 살았지만 전화 통화만은 간간이 계속해왔다.

마지막에 살펴볼 『연공』과 똑같이, 죽음을 앞둔 연인의 이야기이기 때문에 두 작품을 비교하면서 읽어보는 것도 재미있을 것이다.

뇌까지 올라가기 직전에 병원 침대에서 한밤중에 쇼가 전화를 해왔다. 이미 쇼의 전화를 기다리지 않고 내가 먼저 날마다 쇼의 병실이나 집에 전화를 걸어 용태를 물어보곤 했었다. 내 입장을 생각하면 적잖이 도를 넘은 짓이지만 도쿄까지 병문안을 가면 쇼는 자신의 몸이 더 중요하다는 말은 한 번도 입에 올리지 않았다. 한밤중에 울린 전화 벨소리에 불길한 예감이 들어 겁을 먹은 채 수화기를 든 나는, 연약하기는 하지만 쇼가 틀림없는 목소리를 듣고 한결 마음이 놓였다.

"이제 죽는다, 나."

"무슨 소리야, 절대로 죽지 않는다고 지난번에도 말했잖아? 그렇게 여기저기 다 잘라내고도 금세 회복했는데 뭘. 당신은 생명력이 남다른 거야. 괜찮아."

"이젠 절망이야. 마음속으로는 죽을 사람이라고 생각하고, 그래도 겉으로는 되도록 태연하게 대해줄래?"

억양 없는 목소리가 벌써 다른 세상에서 들려오는 목소리처럼 묘하게 헛헛했다.

"지금 바로 갈게. 아침 첫차 탈 테니까 내일 열 시에는 병원에 도착할 거야."

"좀 오래 있을 생각으로 와줘, 이번에는."

"알았어요, 잠잘 수 있어? 오늘 밤, 부인은?"

"저녁에 과로로 빈혈을 일으켜서 오늘 밤에는 집에 가서 자기로 했어."

"부인이야말로 한계가 왔네."

배에도 가슴에도 가른 상처가 거칠게 내달리고, 인공항문 구멍까지 뚫어놓은 몸뚱이에 야쿠자처럼 하얀 천이 둘둘 감겨져 있었다.

"기라레요사[+]가 되건 마카로니 괴물이 되건 코에 튜브를 꽂건, 그런 건 나는 아무렇지도 않아. 살기 위해서라면 뭐든지 할 거야."

병이 났던 초기에 마치 예언처럼 말했던 그대로의 모습이 되

+ 일본 가부키 속의 인물로, 세력가의 첩실과 정을 통했다가 몸의 서른네 군데에 칼침을 맞고 바다에 던져졌지만, 구사일생으로 살아나 악명을 떨치는 무사가 된다.

어 쇼는 침대에 쓰러져 있었다.

의식은 또렷해서, 하는 말만큼 자신의 목숨을 단념하지는 못했는지 그날 아침에 얼핏 전해들은 중국산 암 특효약을 급하게 구해보겠다고 중국에 대해 잘 아는 지인에게 직접 전화를 걸어 통화하고 있었다.

약에 취해 잠든 얼굴을 가만히 들여다보며 나는 남자의 잠든 얼굴을 곰곰이 바라보는 밤을 잃어버린 지난 오랜 세월의 실을 슬슬 당겨보고 있었다.

민첩한 몸놀림이나 낭랑한 음성이나 도전적인 말투 때문에 나이보다 훨씬 젊게 보이던 쇼가 이제는 제 나이에 어울리는 얼굴로 잠들어 있었다. 육신의 고통과는 달리 그 잠든 얼굴은 부주의할 만큼 무저항의 표정으로 보였다.

침대 옆에 떨어뜨린 손을 가만히 잡아서 올려주려는데, 생각지도 못한 강한 힘으로 내 손을 움켜쥐었다. 꿈속에서 하는 짓인지 깨어서 하는 짓인지 알 수 없었다. 자기 아내하고 착각을 하고 있는지도 모른다. 하는 대로 손을 맡기고 있으려니 문득 그의 손아귀 힘이 스르르 빠지더니 내게 등을 돌리고 벽 쪽으로 돌아누웠다. 함께 딸려간 수많은 튜브를 제자리로 돌려주면서 나는 목구멍까지 치미는 눈물을 애써 삼키고 있었다.

쇼가 투병 생활에 들어간 지난 3년 동안, 나는 먼 여행은 거의 하지 않았다. 의사를 다그쳐 물어본 끝에, 당장 내일이라도 죽을 수 있다는 말을 들었기 때문이다. 어떻게도 빠질 수 없었던 상하이에서의 중요한 전람회는 오전중에 도착했다가 밤 비행기로 돌아오는 당일치기 곡예를 벌이기도 했다.

담당의사들은 뒤에서, 쇼의 심상치 않은 생명력은 기적이라고밖에는 설명할 도리가 없다고 말했다.

쇼의 이승에서의 지옥이 시작된 것은 폐로 전이된 암이 더 이상 수술조차 불가능하다는 선고를 받은 뒤부터였다.[+]

'거리距離'를 직시하다

이 소설은 '거리'가 중요한 테마이다. 심리적인 거리, 물리적인 거리, 생과 사의 거리 등 몇 가지 '거리'가 훌륭한 솜씨로 중첩되어 있다.

+ 세토우치 자쿠초, 「환」 『발』, 신초문고, 100~102쪽.

뇌까지 올라가기 직전에 병원 침대에서 한밤중에 쇼가 전화를 해왔다. 이미 쇼의 전화를 기다리지 않고 내가 먼저 날마다 쇼의 병실이나 집에 전화를 걸어 용태를 물어보곤 했었다.

"뇌까지 올라가기 직전"이라는 것은 말할 것도 없이 암이 뇌까지 전이된 상태를 가리킨다. 죽음이 임박한 상태다. 암이 신체의 내부를 돌아다니는 그 움직임이 인간을 서서히 죽음으로 몰고 가는 것을 상징적으로 표현하고 있다.

내 입장을 생각하면 적잖이 도를 넘은 짓이지만 도쿄까지 병문안을 가면 쇼는 자신의 몸이 더 중요하다는 말은 한 번도 입에 올리지 않았다.

포인트는 "내 입장을 생각하면"이라는 말이다. 주인공은 '아내'가 아닌 '전처'의 입장이고 물리적으로도 서로 동떨어진 곳에서 살고 있다. 부부 관계는 이미 끝이 났고 주인공은 조금 떨어진 자리, '아내'보다 먼 자리에서 그와 관계를 맺으려 하고 있다는 것을 알 수 있다.

한편으로 전남편인 '쇼'는, 주인공이 전처의 입장에서는 도를 넘은 것이 되는 병문안을 위해 도쿄까지 올라가도, 자신의 몸이 더 중요하다는 말을 한 번도 입에 올리지 않을 만큼 주인공보다 더, 물리적으로나 두 사람의 관계에서나 거리를 다시 좁히려 하고 있다.

> 한밤중에 울린 전화 벨소리에 불길한 예감이 들어 겁을 먹은 채 수화기를 든 나는, 연약하기는 하지만 쇼가 틀림없는 목소리를 듣고 한결 마음이 놓였다.

'연약하다'는 표현은 물론 쇼가 생에서 멀어져가는 상황을 나타내기도 하고, 자신에게서 떨어져나가는 모습을 표현한 것이기도 하다. 자꾸만 멀어지는 거리가 목소리를 작아지게 하고 있다고 할까.

한편, "목소리를 듣고 한결 마음이 놓였다"는 것은 전화라고는 해도 그에 따라 둘 사이의 물리적인 거리가 조금이나마 극복되었기 때문이다. 하지만,

> "이젠 절망이야. 마음속으로는 죽을 사람이라고 생각하고, 그래도 겉으로는 되도록 태연하게 대해줄래?"

억양 없는 목소리가 벌써 다른 세상에서 들려오는 목소리처럼 묘하게 헛헛했다.

'연약한 목소리'는 여기에서 한층 더 죽음을 향해 멀어져간다. 이것이 주인공이 도쿄로 달려가 단숨에 그와 거리를 좁혀보려는 결단을 내리는 계기가 된다.

"지금 바로 갈게. 아침 첫차 탈 테니까 내일 열 시에는 병원에 도착할 거야."

물리적인 거리를 메움으로써 생과 사로 크게 벌어지려는 거리, 심리적인 거리, 관계의 거리를 어떻게든 단숨에 좁혀보려는 성실한 모습이 독자의 가슴을 뭉클하게 한다. 게다가 그녀는 이제 아내도 아니어서 전처라는 자신의 입장이 가진 거리는 메울 도리가 없다. 그 슬픔을 굳이 묘사하지 않는 것이 오히려 강한 인상을 던져주고 있다.

전화 통화가 끝나는 것과 동시에 장면이 병원으로 바뀌는데 이 전환이 지극히 자연스럽고 태연하다. 그 거리를 메우기 위해 이동하는 동안에 얼마나 마음이 괴로웠는가, 라는 등의 주인공의 주어로 향하는 술어는 일절 없다. 한달음에 뛰어갔다는 느낌과 함께 아무 정신 없이 달려가느라 이런저런 생각을 할 겨를도 없었다는 절박한 상황을 동시에 보여주고 있다.

> 배에도 가슴에도 가른 상처가 거칠게 내달리고, 인공항문 구멍까지 뚫어놓은 몸뚱이에 야쿠자처럼 하얀 천이 둘둘 감겨져 있었다.

여기서부터는 그의 몸뚱이만 눈앞에 있고 언어는 모두 사라지는 장면이다. 죽음을 향해 한층 다가간 그의 모습이 거기에 있다.

장면 전개 전후로 상황이 대조적이다. 전반에서는, 몸은 눈앞에 없지만 그의 음성이 있었다. 반대로 후반에서는, 몸은 눈앞에 있어서 물리적인 거리는 좁혀졌지만 그의 음성은 없이 침묵이 이어진다. 대화 장면에서 데크레셴도처럼 조용조용 침묵 장면으로 옮겨간다. 다음에 살펴볼 『연공』의 '신체 정보' 문제와 비교하며 읽어보자.

"의식은 또렷해서"라는 한 구절로, 질병에 의해 육신은 어쩔 수 없이 죽음을 향해 다가가는 중에도 본인의 의식은 오히려 생 쪽으로 돌아오려 한다는 것을 보여준다. 죽음에 끌려가는 육체의 방향성과 거기에 저항하여 생으로 향하려는 의식의 방향성의 대비가 선명하게 그려져서 효과적이다.

> 약에 취해 잠든 얼굴을 가만히 들여다보며 나는 남자의 잠든 얼굴을 곰곰이 바라보는 밤을 잃어버린 지난 오랜 세월의 실을 슬슬 당겨보고 있었다.

이혼한 현재의 두 사람에게는 거리가 있지만, 지난 오랜 세월을 돌이켜 행복하게 살았던 시절의 일을 떠올리자 두 사람의 관계의 거리는 기억 속에서 좁혀진다.

> 침대 옆에 떨어뜨린 손을 가만히 잡아서 올려주려는데, 생각지도 못한 강한 힘으로 내 손을 움켜쥐었다. 꿈속에서 하는 짓인지 깨어서 하는 짓인지 알 수 없었다. 자기 아내하고 착각을 하고 있

는지도 모른다.

손을 움켜쥐었다는 신체적인 접촉에 의해 두 사람의 거리는 마침내 제로가 된다.

주인공이 어떤 생각으로 그렇게 했는지는 자세하게 설명되지 않고, 자기 아내와 착각했는지도 모른다는 추측까지 한다. 명시적이지는 않지만 이런 그녀를 움켜쥔 그의 손은 여기에서 주어화되어 있다. 생에 머물기 위해 지푸라기라도 잡으려는 듯한 이 손이 무엇을 의미하는지, 어떤 술어가 이 주어화된 손을 채우는지, 독자로서는 특히 감상해볼 대목의 하나일 것이다.

하는 대로 손을 맡기고 있으려니 문득 그의 손아귀 힘이 스르르 빠지더니 내게 등을 돌리고 벽 쪽으로 돌아누웠다. 함께 딸려간 수많은 튜브를 제자리로 돌려주면서 나는 목구멍까지 치미는 눈물을 애써 삼키고 있었다.

그리 특별할 것도 없는 한순간이지만 일단 제로가 된 거리가 다시금 벌어지는 상징적인 장면이다.

"함께 딸려간 수많은 튜브"는 '쇼'를 생의 세계에 이어주는 의료 설비를 언급하는 것으로 제유법(부분으로 전체를 나타내는 비유법)을 사용하고 있다.

헤어져 지낸 오랜 세월 동안 두 사람의 거리가, 겨우 두 페이지 남짓한 기술 속에서 크게 동요하고 급속히 가까워지고 제로가 된 뒤에 다시 벌어진다. 그것은 그가 두 번 다시 돌아올 수 없는 먼 곳으로 간다는 것을 의미한다. 그런 삶의 현실에 주인공은 눈물짓는 것이다.

주인공이 그가 암에 걸린 뒤로 먼 여행을 거의 하지 않았다고 말한 것은 이 거리의 드라마가 언제 연출될지 알 수 없었기 때문이다. 일이 생기면 곧바로 달려갈 수 있는 거리가 지난 3년이라는 시간 동안 줄곧 지켜져왔다. 그것은 이 두 사람을 둘러싼 온갖 거리감을 상징하는 물리적인 거리이며, 그것을 메우는 게 허용되는 때는 죽음이라는 결정적인 거리가 찾아오는 한순간뿐이다.

⌘ 군더더기 없는 문장

플롯의 '큰 화살표'는 얼핏 '쇼'를 죽음으로 싣고 가는 직선적인 흐름을 나타내는 것처럼 보이지만, 그 화살표가 가닿는 '궁극의 술어'는 '한 남자의 죽음'이 아닐 것이다. 지금까지 살펴본 것처럼 두 사람의 거리의 동요 자체가 주어화되어 있고, 그 참에 무거운 정체감이 빚어져도 당연했을 터인 소설이지만 신기하게도 조용히, 끊기는 일 없이 흘러간다.

작가 세토우치 자쿠초가 지금까지 발표한 작품은 그 양이 엄청나고, 지금도 여전히 그 페이스가 쇠퇴하는 일이 없다. 이 소설이 지닌 문장의 자연스러움에는 그런 엄청난 집필 시간 속에서만 형성될 수 있는 아름다운 곡선이 있다.

새 소설을 모색하며 격투하는 가운데 단련되는 문체도 있겠지만, 「알고 보면 훨씬 더 무서운 「한나절」」에서도 말했듯이, 작가에게는 아무튼 계속해서 써나간다는 저돌적인 태도가 반드시 필요한 게 아닌가 싶다.

쓰고 쓰고 또 쓴 끝에 덜어낼 것은 모두 덜어내고 단지 문장만 남은 글이라는 게 작가로서 이상적인 문체가 아닐까.

이언 매큐언의 『암스테르담』

이언 매큐언Ian McEwan, 1948~은 영국 소설가답게 스토리텔링이 뛰어난 것으로 정평이 나 있다. 『이런 사랑』이나 『속죄』 등의 소설이 차례차례 영화화되었기 때문에 그쪽을 통해 이름을 알게 된 사람도 적지 않을 것이다.

『암스테르담』에서도 뛰어난 스토리텔링의 힘이 유감없이 발휘되었다. 세련되고 지적인 플롯은 운전을 잘하는 고급차에 탄 것처럼 급커브의 연속에도 흔들림이나 기울어짐이 없고 차바퀴를 지지하는 장치들은 대단히 압축적이고 부드럽다. 차 표면의 마감도 공예품처럼 아름답다.

사소설私小說✢ 작품이 지배적이던 일본 근대문학사에서는 스토리텔러 소설가는 아무래도 통속적으로 취급되고 그 탓에 은근한 경멸을 받아온 면이 있다. 아쿠타가와 류노스케 같은 작가도 나 개인적으로는 그런 경향 때문에 과소평가되었다고 생각한다.

인간의 이른바 말하기 어려운 심정을 아름다운 자연 풍경을 짜넣어 차분하게 그려내는 것도 소설이지만, 이런 건조하고 쿨하게 컨트롤된 소설에는 그 나름의 또다른 매력이 있다. 충견 하치도 성실하고 사랑스럽지만, 이쪽은 그레이하운드같이 영리하고 재주 많은 서양견이라고나 할까.

주요 등장인물은 자유로운 사상을 표방하는 신문사 편집장 버넌, 작곡가 클라이브, 보수 정치가이며 외무부 장관인 가머니이다. 그들은 이제 막 사망한 한 여자를 똑같이 사랑한 이력을 갖고 있다.

버넌은 가머니의 수상 취임을 저지하고 그 참에 발행부수가 자꾸만 줄어드는 신문사를 살리기 위해 그의 동성애 스캔들

✢ 일인칭 주인공을 내세워 작가 자신의 체험이나 심정을 고백하는 형태의 소설.

사진을 자신의 신문에 게재하려고 한다.

그 이야기를 들은 친구 클라이브가, 자칭 자유주의자라는 버넌이 가머니의 여장 행각을 빌미로 그의 정치생명을 말살하려고 하는 건 지저분한 짓이라고 비난하면서 둘 사이에 싸움이 벌어진다.

한편 작곡 작업이 궁지에 몰려 있던 클라이브는 기분풀이 삼아 떠났던 여행지에서 못 본 척 지나쳤던 남녀의 다툼이 사실은 연쇄 강간 사건이었다는 것을 알게 되고, 이번에는 반대로 버넌에게서 경찰에 신고했어야 한다는 비난을 받는다.

버넌은 가머니의 스캔들을 신문에 게재하지만 이 계획은 실패로 끝난다. 그는 신문사에서 해고된 분풀이로 친구 클라이브가 연쇄 강간 사건을 목격했다는 사실을 경찰에 밀고한다. 새 작품을 완성하기 직전에 방해를 받은 클라이브는 그런 버넌에게 증오감을 품는다.

그런 일들을 겪은 끝에 마침내 클라이브가 새 작품의 첫 연주회 날을 맞이하는 장면이다.

예술가 전용 출입구에 지휘자 줄리오 보의 롤스로이스가 대기하고 있어서 클라이브를 호텔까지 태워다주기로 했다. 하지만 그가 오케스트라 일로 누군가와 잠깐 볼일이 있었기 때문에 클라이브는 콘서트헤보 밖 어둠 속에 몇 분 동안 혼자 있을 수 있었다. 클라이브는 반 바를레 거리를 오가는 군중 속을 걸었다. 사람들이 저녁 콘서트를 보러 하나둘 모여들고 있었다. 슈베르트 공연이었다(매독 환자 슈베르트의 음악을 아직도 더 들어야 할 필요가 있을까?). 클라이브는 길모퉁이에 서서 항상 희미한 담배 연기와 케첩 냄새가 느껴지는 암스테르담의 부드러운 공기를 마셨다. 그는 자신의 악보를 샅샅이 다 알았다. A음이 몇 개나 되고 그 부분이 실제로 어떻게 들리는지도 알고 있었다. 방금 그가 경험한 것은 환청, 환상—, 아니, 환멸이었다. 변주의 결여 때문에 일생일대의 걸작을 망쳤다. 이제 그는 전보다도 더욱더(전보다 더한 단계가 있다면) 계획에 대해 확실하게 알고 있었다. 그를 몰아가는 것은 더이상 분노가 아니고 증오나 혐오도, 입 밖에 낸 말을 실행해야 할 의무도 아니었다. 이제부터 하려는 일은 계약상으로 정당하고 도덕을 초월한 순수 기하학적 필연성이 있었다. 그는 아무런 느낌도 없었다.

차 안에서 줄리오 보는 그날 하루의 리허설을 돌아보며 악보를 그대로 연주할 수 있었던 섹션, 내일 개별적으로 연습시켜야 할 한두 군데의 섹션에 대한 이야기를 했다. 결점이 있다는 걸 잘 알면서도 클라이브는 이 탁월한 지휘자에게서 교향곡을 칭찬하는 말을 듣고 싶어 슬며시 떠보듯이 물었다.

"전체적으로 잘 만들어진 것 같아요? 아, 그러니까 그게, 구조적으로."

줄리오 보는 우선 운전기사에게 말소리가 들리지 않게 팔을 뻗어 유리 칸막이를 내렸다.

"괜찮았어요, 나무랄 데 없습니다. 근데 우리끼리 얘기지만……" 그는 목소리를 낮췄다. "제2오보에를 맡은 젊은 여자 말이에요. 예쁘긴 한데 연주 실력이 신통치 않아요. 그 여자가 연주하는 부분에 어려운 게 없어서 다행이었죠. 어떻든 예쁘기는 해요. 오늘 저녁을 같이 먹기로 약속했어요."

호텔에 도착하기까지 짧은 시간 동안 줄리오 보는 거의 막바지에 이른 브리티시 심포니 오케스트라의 유럽 순회공연을 회상했고, 클라이브는 지난번에 보와 함께했던 작업과 프라하에서 있었던 '데르비시 교향곡' 리바이벌 공연의 추억을 이야기했다.

"응, 그렇죠, 그렇죠!" 차가 호텔 앞에 서고 문이 열릴 때 줄리오 보가 문득 목소리를 높여 말했다. "기억나고말고. 훌륭한 작품이었어요! 젊은 시절의 창의성, 그건 되돌리려고 해도 이미 어려운 일이죠. 안 그래요, 마에스트로?"+

⌘ 기호에 의한 압축의 기술

줄거리를 듣고 상당히 긴 장편소설일 거라고 생각한 사람도 많겠지만 사실은 200여 쪽의 단행본이니까 규모 면에서는 오히려 중편이라고 해야 할 것이다.

이 소설에서는 요점을 간추린 듯한 덤덤한 설명으로 빠지는 일 없이 복잡한 플롯이 매우 압축적으로 완결되어 있다. 여기서는 그 '작게小 이야기하는說' 압축 기술에 주목해보자.

클라이브는 겨우겨우 마감 날에 맞춰 새 작품을 암스테르담의 무대에 올렸다. 하지만 염려했던 대로 리허설에서 새 작품

+ 이언 매큐언, 『암스테르담』, 신초문고, 184~185쪽. 이 부분의 한국어 번역은 『암스테르담』, 박경희 옮김, media2.0+, 2008, 186~187쪽을 참조하였다.

의 클라이맥스 부분이 완성도가 떨어진다는 것을 확인하고 연주회장을 나온다. 우스꽝스럽게 울리는 A음이 머릿속에서 떠나지 않는다……

압축의 기술로서 우선 '기호'의 효과적인 사용이 눈에 띈다.

> 예술가 전용 출입구에 지휘자 줄리오 보의 롤스로이스가 대기하고 있어서 클라이브를 호텔까지 태워다주기로 했다. 하지만 그가 오케스트라 일로 누군가와 잠깐 볼일이 있었기 때문에 클라이브는 콘서트헤보 밖 어둠 속에 몇 분 동안 혼자 있을 수 있었다.

'롤스로이스'라는 건 말할 것도 없이 '지휘자'의 사회적인 지위를 보여주는 '기호'다.

'?'가 '의문'을 뜻하고 '→'가 '진행 방향'을 뜻하듯이 '롤스로이스'는 그 차를 타는 사람이 어떤 직업과 사회적 지위와 경제력을 갖고 있는지 가르쳐준다. 루이비통 가방을 든 사람이나 가슴에 '1번'이라고 적힌 티셔츠를 입은 사람이 어떤 사람인지 일일이 설명하지 않더라도 대충 짐작할 수 있다. 평소에는 의식하지 않더라도 우리는 사회 속에 무수히 박혀 있는 그러한 '기호'를 인식하면서 효과적으로 '의미'의 처리를 행하고 있는 것이다.

그런 '롤스로이스'가 '대기'하고 있다. 지휘자 줄리오 보는 한마디로 그런 사람이다. 그리고 나중에 나오듯이 이 업계에서는 도보나 대중교통으로 이동하는 것이 아니라 차를 갖고 있다는 사실 자체가 의미를 품고 있다.

줄리오 보는 소설의 절정쯤에 등장한 사람인데, 플롯상으로는 분명 빠뜨릴 수 없는 인물이지만 그리 중요하지는 않은 조연급이다. 이 장면에서 그에 대한 설명이 지나치게 길어지면 플롯의 흐름을 정체시켜 마치 큰 의미를 가진 인물인 것처럼 독자들이 착각할 우려가 있다.

하지만 어떤 형태로든 '줄리오 보'라는 주어의 내용을 충전하지 않으면 그는 텅 빈 그릇으로 남게 된다. 그런 사회적인 속성에 대한 설명을 여기에서는 '대기하고 있는 롤스로이스'라는 기호가 모조리 담당하고 있다. 만일 자신이 직접 운전해야 하는 '프리우스'가 주차되어 있었다면 그의 인물상은 당연히 크게 달라졌을 것이다. 그랬다면 독자는 아마도 환경친화적인 사람을 상상하지 않았을까.

한편 클라이브도 암스테르담 '콘서트헤보'에서 새 작품을 첫 공연작으로 올릴 만큼의 작곡가라는 점이 그다음의 기술에 드러나 있다.

나름대로 저명한 작곡가라는 뜻이겠지만, 그런 내용을 지문으로 기술한다면 『젊음 없는 젊음』에서 보았던 '완벽한 프랑스어를 구사하는 박사'처럼 작가의 설정이라는 냄새를 강하게 풍기고 만다.

기호는 등장인물의 입을 빌리는 것과 마찬가지로 작품 속에서 주어화된 등장인물을 충전하지만, 그것이 상투적인 느낌의 기호라면 독자의 실소를 사게 된다.

실제로 '롤스로이스'도 충분히 상투적인 느낌이 들지만 여기서 작가의 재능은 그 상투적인 기호를 선택한 것이 화자인 작가가 아니라 지휘자 자신인 것처럼 느껴지게 하는 점이다. 독자는 '롤스로이스'를 탈 정도의 지위를 가진 인물을 약간 아니꼬운 마음으로 상상해보는 것이다.

※ 풍자 속의 여운

(매독 환자 슈베르트의 음악을 아직도 더 들어야 할 필요가 있을까?)

'슈베르트'도 물론 기호다. 과거의 거장이라는 의미에서 선정된 것인데, 올리비에 메시앙은 물론 바흐나 모차르트도 아니라는 점을 미리 알아두는 게 좋겠다. 게다가 아직까지 인기가 시들지 않고 '저녁 콘서트'에 관객들이 하나둘 모여든다. 그런 속에서 방금 새 작품의 참담한 실패를 경험하고 어깨가 축 처진 채 우두커니 서 있는 현대 작곡가라는 게 이 장면이다.

향신료 같은 에피소드라고 피식 웃고 지나갈 장면이기도 하지만, 실은 여기에도 복잡한 정보가 뛰어난 솜씨로 압축되어 있다. 그걸 놓쳐버리면 다음에 이어지는 차 안에서의 대화가 밋밋해질 우려가 있어서 특히 주의할 필요가 있다.

클라이브는 왜 '슈베르트'를 '매독 환자'라고 깎아내리지 않으면 안 되었을까? 속이 뒤집힐 만큼 화가 나서? 아닌 게 아니라 이 문장의 천박성에도 의미가 있지만, 그뿐이라면 전체적인 뜻이 살아나지 않는다. 그렇다면 슈베르트가 과대평가되었다고 생각했기 때문인가? 물론 그럴지도 모르지만, 왜 하필 '매독 환자'라는 말로 슈베르트를 깎아내렸을까. 사람들은 그를 위대한 거장이라고 떠받들지만 사실은 매독 환자였다고 폭로하려는 것인가? 하지만 콘서트에 가는 사람들은 '슈베르트가 매독 환자였건 말건 음악이 훌륭하면 상관없다'라고 당연한 반론을 펼칠 것이다.

질문을 이렇게 바꿔보자. 클라이브는 누구를 깎아내리려 했는가? 슈베르트인가? 물론 아니다. 그가 깎아내리려 한 것은 슈베르트를 들으러 가는 사람들이다.

슈베르트는 장티푸스로 사망한 것으로 알려져 있지만 실은 매독이었다고 한다. 하지만 그런 사실을 알고 있는 사람이 과연 얼마나 될까. 클래식 팬이라면 작은 지식으로서 어디선가 들은 적이 있을 테지만 일반적으로는 거의 알려져 있지 않은 사실이다. 클라이브가 부아가 나는 게 바로 그 점이다.

지금 그의 옆을 지나 콘서트에 가는 사람들은 대부분 슈베르트의 팬이 아니다. 단순히 클래식 음악을 좀 듣고 싶었고, 슈베르트라면 이름쯤은 알거나 어디선가 한두 번 들은 적이 있어서 티켓을 산 것뿐이다. 어떻게 그리 단언할 수 있는가. 이 콘서트에 슈베르트가 선정된 이유가 그것이기 때문이다.

클라이브가 굳이 '매독 환자 슈베르트'라고 한 것은 콘서트에 찾아온 사람들 대부분이 그런 사실을 알지 못한다고 생각했기 때문이다. 왜 알지 못하는가. 애초에 음악에 별 관심도 없고, 한마디로 음악에 대해 아무것도 모르는 사람들이기 때문이다. 그래서 그들은 당연히 클라이브를 알아보지 못하고 말을 건네지도 않는다. 음악 잡지를 다달이 사보는 정도라면 당연히 그의 얼굴을 알고 있어야 한다. 이케부쿠로의 도쿄 예술극장에 〈교향곡 제9번〉을 들으러 온 사람들이 입구 근처에서 있는 피에르 불레즈를 전혀 알아보지 못하는 광경을 상상해보라.

클래식 업계는 열렬한 음악 팬뿐만 아니라 그런 사람들까지 끌어들여야 비즈니스로서 성립된다. 클라이브는 그런 속사정도 이해하지 못하는 순진한 음악가인가? 음악은 그저 풍부한 감상 능력을 갖춘 열렬한 애호가들만 들어야 하는 것이라고? 콘서트헤보에서 새 작품의 첫 공연을 할 만큼 이 업계에서 오래 버티며 성공을 거둔 사람에게는 있을 수 없는 일이다.

클라이브는 클래식 콘서트에 찾아온 사람들 대부분이 마니아도 뭣도 아닌 어중이떠중이라는 것을 뻔히 알고 있다. 그런데도 지금 그는 아무것도 알지 못하는 자들이라고 깎아내리지 않을 수 없다. 왜일까? 자신의 새 작품을 그들이 혹평할 것을 알고 있기 때문이다. 배려를 담아 조심스럽게 말해주는 청중이라면 '모르겠다'는 감상이나 나올 것이다.

'매독 환자 슈베르트'라는 말 한마디에는 클라이브의 그런 불안한 심경이 표현되어 있다. 이렇게 읽지 않고서는 그다음에 나오는 차 안에서의 장면이 살아나지 않는다.

※ 장면을 접는 방식

여기서 예로 든 장면은 전반부와 후반부가 깔끔하게 나뉜다. 지금까지 살펴본 것이 전반부다. 새 작품이 실패작이라는 것을 깨닫고 클라이브는 망연자실하였다. 후반부로 넘어가기 전에 한 가지를 확인해두자.

> 변주의 결여 때문에 일생일대의 걸작을 망쳤다. 이제 그는 전보다도 더욱더(전보다 더한 단계가 있다면) 계획에 대해 확실하게 알고 있었다.

아무 설명도 없이 '계획'이라는 말이 나온다. 독자는 '무슨 계획이지?' 하고 궁금해하지만 그 술어는 소설의 클라이맥스에서 돌아온다. 불친절하기 짝이 없는 삽입이지만 아무래도 클라이브에게 뭔가 꿍꿍이가 있는 듯하다는 것을 독자에게 넌지시 내비쳐 '알고 싶다'는 욕구를 마지막으로 한 번 더 끌어내는 것이다.

이 문장을 끼고 후반부는 다음과 같이 이어진다.

결점이 있다는 걸 잘 알면서도 클라이브는 이 탁월한 지휘자에게서 교향곡을 칭찬하는 말을 듣고 싶어 슬쩍 떠보듯이 물었다.

"전체적으로 잘 만들어진 것 같아요? 아, 그러니까 그게, 구조적으로."

줄리오 보는 우선 운전기사에게 말소리가 들리지 않게 팔을 뻗어 유리 칸막이를 내렸다.

"괜찮았어요, 나무랄 데 없습니다. 근데 우리끼리 얘기지만……" 그는 목소리를 낮췄다. "제2오보에를 맡은 젊은 여자 말이에요. 예쁘긴 한데 연주 실력이 신통치 않아요. 그 여자가 연주하는 부분에 어려운 게 없어서 다행이었죠. 어떻든 예쁘기는 해요. 오늘 저녁을 같이 먹기로 약속했어요."

전반부에서 콘서트에 찾아온 사람들에게 부아가 났던 이유가 여기서 드러난다. 그들은 한마디로 음악에 대해 전혀 알지 못하는 사람들이고, 콘서트장에 차도 없이 걸어오는 서민들이고, 클라이브가 누구인지도 모르고, 게다가 이번 새 작품을 혹평할 게 틀림없는 사람들이다. 그 불안감을 위로받기 위해 클라이브는 "이 탁월한 지휘자에게서 교향곡을 칭찬하는 말을 듣고 싶어 슬쩍 떠보듯이" 자신의 새 작품에 대한 감상을 묻는 것이다.

'슈베르트' 콘서트에 '도보로' 찾아오는 무지한 '군중'은, '롤스로이스'를 타고 음악을 훤히 알고 클라이브의 재능도 인정해주는 '탁월한 지휘자'와 완전히 대조적인 존재로 묘사되어 있다. 그렇기 때문에 더더욱 그는 줄리오 보에게 새 작품을 칭찬하는 말을 듣고 싶은 것이다.

클라이브가 질문 끝에 슬쩍 덧붙이듯이 "아, 그러니까 그게, 구조적으로"라고 한 말은 '전문가로서의' 의견을 듣고 싶다는 뜻이다. 새 작품에 대해 작곡가 스스로 자신감이 없다는 것을 여실히 보여주고 있어서 독자의 실소를 자아내는 장면이다.

그 질문에 대한 줄리오 보의 대답이 또한 걸작이다.

'탁월한 지휘자'인 그는 당연히 클라이브의 새 작품이 실패작이라는 것을 알고 있다. 하지만 그걸 뻔히 알면서도 그의 대꾸는 그야말로 이런 일에 이골이 난, 참으로 '탁월한 지휘자다운' 것이었다.

우선 그는 운전석과 좌석 사이의 유리 칸막이를 내려 두 사람의 말소리가 들리지 않게 한다.

그 행동을 보고 독자는 '뭔가 부정적인 평가를 내리겠구나' 하고 주인공 클라이브와 불안을 공유한다. 하지만 그 예상을 멋지게 배반하며 일단 상투적인 공치사부터 해준다. 그러고는 다시 "근데 우리끼리 얘기지만……"이라는 말을 덧붙여서 독자는 클라이브와 함께 새삼 그 뒤에 이어질 술어에 주의를 기울이게 된다. 그렇게 궁금하게 한 다음에 나오는 말이 무엇인가. 오케스트라 여자 단원과의 저녁 약속이다.

줄리오 보가 갑작스럽게 데이트 이야기를 꺼낸 건 어째서일까? 당연한 일이지만, 이야기를 다른 곳으로 돌려 부정적인 평가를 직접 입 밖에 내는 것을 피하기 위해서다. 하지만 그래서는 너무도 밋밋한 대꾸가 된다. 새 작품이 형편없었다고 직접 말하는 것이나 마찬가지다. 그래서 그는 일부러 연주가 서툰 여자 단원을 들먹이며 '탁월한 지휘자'가 된 지금은 자신도 그런 편한 마음으로 음악을 접하고 있다, 그러니 너무 고민하지 마라, 라는 뜻을 넌지시 내비친 것이다.

줄리오 보가 그런 마음을 갖고 있다는 것은 마지막 문장 "젊은 시절의 창의성, 그건 되돌리려고 해도 이미 어려운 일이죠. 안 그래요, 마에스트로?"라는 가벼운 말에서도 확인된다. 하지만 슬쩍 덧붙인 이 말의 해학성은, 애써 부정적인 평가를 자제하면서도 클라이브의 새 작품이 실패작이라는 건 알고 있다는 뜻을 전하지 않을 수 없는 줄리오 보의 자존심의 표현 방식이다.

작가 이언 매큐언의 뛰어난 재능은 장면을 접는 방식에서 드러난다. 길게 풀어서 쓴다면 이만큼 긴 분량이 나오게 될 장면을 클라이맥스를 향한 흐름에 방해가 되지 않도록 매우 솜씨 있게 착착 접어 압축적으로 마무리해냈다.

전혀 걸리는 곳 없이 자연스럽게 써내려갔기 때문에 독자는 미처 의식하지 못한 채 읽기 쉽지만, 이야기를 '작게 쓰기' 위한 기술적인 처리의 흔적이 곳곳에서 눈에 띈다.

전편에 걸쳐 이러한 재능이 아로새겨져 있어서 느낌상으로는 AOR adult oriented rock✣이 아닌 AON adult oriented novel 같다. 물론 이런 표현 기법은 독자의 독해력이 그 밑바탕에 있을 때 비로소 빛을 발한다.

✣ 기존의 십대 취향의 록과 차별화하며 1970년대 중반에 등장한 성인 취향의 차분한 분위기의 록음악.

미카의 『연공』

마지막으로 살펴볼 작품은 최근에 폭발적인 붐을 일으켰던 인터넷 소설 『연공戀空』이다.

모바일 인터넷 사이트 '마법의 *i* 랜드'에서 1200만 번 이상의 접속 수를 기록하고, 그 뒤에 책으로 출간되어 상하권을 합쳐 200만 부 이상 무서운 기세로 팔려나갔다. 이어서 영화와 드라마로도 큰 화제가 된 소설이다.

주인공 미카와 히로의 사랑을 중심으로 마약과 성폭행, 낙태, 암 발병 등의 실화를 바탕으로 썼다는 사실 때문에 갖가지 논란을 낳았던 것이 기억에 새롭다.

일본어 소설에서 일반적으로 쓰이는 세로쓰기가 아니라 가로쓰기로 출간된 작품이다.

집에 도착하자마자 용기를 내서 전화를 걸었다.

그러나 예상한 대로 전화 연결이 안 된다.

전화를 받지 않으니 문자를 보낼 수밖에 없다.

문자는 더이상 안 보낼 생각이었지만 손이 저절로 움직여서 멈출 수가 없었다.

오늘 노조무한테 들은 얘기를 전부 써서 히로에게 보냈다.

♪ 삐삐삐

문자 수신: 히로

히로에게 곧 답장이 왔다. 떨리는 손으로 수신함을 열었다.

—미안, 헤어지자.

휴대전화를 잡고 있는 손이 격렬하게 떨리고 가슴이 쿵 하고 내려앉는다. 어떻게 해서든 히로의 목소리가 듣고 싶어서 전화를 걸었다.

'부재중 수신입니다.'

문자로 답장을 보냈다는 건 전화도 받을 수 있다는 건데.

왜 안 받아? 어쩔 수 없이 다시 답장을 보냈다.

—왜?

히로에게서 일 분도 안 돼서 답장이 왔다.

—괴로워.

히로, 문자만으론 알 수가 없어.

마음도 말하고 싶은 것도 전해지지가 않아.

몇 번이나 전화를 해도 계속 음성녹음으로 넘어가기에 연락을 취하는 걸 포기했다.

내일 히로네 교실에 만나러 가야지.

만나서 제대로 말을 하고 싶으니까.

♪ 띠리리리 ♪

그날 밤 새벽 2시에 울린 갑작스런 전화. 나는 잠에서 덜 깬 목소리로 전화를 받았다.

"음…… 여보세요."

"난데……"

"……히로."

기다리고 기다리던 전화가 왔다.

"지금 창밖 좀 볼래?"

이불에서 나와 창문을 여니까 거기에는 히로가 서 있다.

"히로 무슨 일이야? 이런 시간에……"

조금은 슬픈 미소로 나의 뻗친 머리를 살며시 만지는 히로.

"갑자기 얘기하고 싶어서…… 지금 얘기할 수 있어?"

"지금 나갈게!"

조심스럽게 현관문을 열고 나가서 히로에게로 달렸다. 밖은 차 소리마저 들리지 않았다.

"이런 늦은 시간에 미안해."

"나, 히로에게 제대로 설명하고 싶어서……"

"설명하지 않아도 알아. 노조무한테 전부 들었고 나 미카를 믿고 있으니까. 오해해서 미안해."

기침을 하며 말하는 히로의 목소리가 조용한 거리를 울린다.

"계속 생각했어. 나, 미카가 다른 남자와 키스한 게 정말 슬펐어. 그래서 헤어지면 편해지려나…… 생각했는데 아기 사진을 보고…… 미카를 너무 좋아해서 헤어지고 싶지 않아."

나는 히로의 손을 꽉 쥐었다.

"나도 헤어지고 싶지 않아…… 미안해."

히로는 내 입술을 차가운 손가락으로 더듬었다.

"……몇 번이나 했어?"

"어?"

"노조무가 키스 몇 번 했어?"

"아마 세 번 정도인가."

"그럼 난 열 배로 서른 번 해줄게."

히로는 그렇게 말하고 정말로 서른 번의 키스를 한 후 천천히 입술을 떼어 나의 머리를 자신의 가슴으로 가져가 꼭 껴안았다.

"이제 나 이외의 사람이랑은 하지 마."

"……절대 안 해."

나는 히로의 따뜻한 품속에서 눈물을 꼭 참았다.[+]

✂ 문체의 특징

인터넷 소설을 처음 읽어보는 사람도 많을 텐데 과연 어떤 느

✢ 미카, 『연공』 상권, 스타츠출판, 162~164쪽. 이 부분의 한국어 번역은 『연공』 상권, 이주이 옮김, 조형북스, 2009, 163~166쪽에서 발췌하였다.

낌을 받았을까. 예상했던 대로 거부 반응을 보이는 사람도 있을 것이고, 의외로 저항감 없이 읽힌다는 사람도 있을 것이다.

이 작가의 문체로 인터넷 소설 전체의 문체를 평할 수는 없겠지만, 문장이 몹시 짧고 행갈이가 잦은 것은 휴대전화에 엄지손가락으로 입력한 데다 그 모니터 화면이 작기 때문일 것이다. 그래도 단행본으로 출간되었을 때는 가로쓰기로 상하권 700페이지가 넘는 두툼한 책이 나왔다.

시점은 미카라는 주인공의 일인칭으로 되어 있다.

문체의 특징으로서 형용사, 형용동사, 부사와 같은 수식어가 극단적으로 적고, 또한 접속사도 대부분 생략되어 있다.

한 행 한 행의 리듬감은 소설이라기보다 만화의 한 컷 한 컷이 연상된다.

> 집에 도착하자마자 용기를 내서 전화를 걸었다.
>
> 그러나 예상한 대로 전화 연결이 안 된다.

이걸 만화로 그린다면 두세 컷일 것이다. 한 행마다 한 컷씩 상상이 가능한 '그림 없는 만화' 같은 느낌이다.

어떤 형태로든 문단 데뷔라는 과정을 통과하고 전문 편집 작업을 거쳐 소설을 출간하는 종래의 시스템에서라면 도저히 유통될 수 없는 문체여서 크게 당황했다는 부정적인 의견이 많았지만, 이런 문체이기 때문에 오히려 큰 성공을 거두는 커뮤니케이션 공간이 바로 지금 이 사회에 존재한다는 사실은 아무도 부정할 수 없을 것이다.

⌘ 커뮤니케이션 편중 소설

『연공』은 『발로 차주고 싶은 등짝』과 거의 같은 세대의 고등학생을 주인공으로 하고 있지만, '미카'와 '히로'를 '하츠'와 '니나가와'와 비교해보면 너무도 큰 차이가 나서 눈이 휘둥그레질 것이다. '요즘 애들'이라는 한마디로 묶는 것이 얼마나 거친 분류인지 새삼 실감난다.

작품의 플롯도 문체도 모두 다르지만, 미디어 환경의 변화를 감안하더라도 같은 시대에 이렇듯 대조적인 두 편의 소설을 나란히 살펴보는 일은 충분히 의미가 있다.

『발로 차주고 싶은 등짝』의 등장인물들이 아직 고교 1학년이라는 것과는 전혀 다른 이유에서(?) 『연공』의 등장인물들은 놀랄 만큼 공부에 대한 언급이 없고 진로에 대해 고민하거나 입시로 힘들어하는 기색도 없다. 시간의 축에는 미래가 존재하지 않고, 그래서 과거의 정리整理는 항상 현재와 연결되는 지점에서 '화살표'가 멈춰버린다.

묘사된 내용은 오로지 커뮤니케이션뿐이어서, 소속 의식을 둘러싼 『발로 차주고 싶은 등짝』의 이야기에 비해 그 가혹함은 거의 서바이벌 같은 양상을 보이고 있다.

성인이 되어 업무나 취미의 비중이 높아지면 상대적으로 커뮤니케이션 빈도는 떨어질 수밖에 없다. 날마다 친구나 연인을 만나고 다닌다면 하고 싶은 일을 못 해서 오히려 그게 스트레스로 느껴질 것이다. 커뮤니케이션에서 한동안 차단되어야 비로소 몰입할 수 있는 다른 뭔가가 생기는 것이다.

하지만 『연공』의 세계에서는 업무나 취미의 성과를 통해 기대할 만한 타자로부터의 승인이 모조리 커뮤니케이션에 집중되어 있어서 주인공들이 우정이나 애정의 과중한 부담 때문에 계속 허덕거리는 듯한 상태이다.

학교에서 방과 후의 동아리 활동을 권장하는 것은 학생의 자유 시간을 관리할 목적 이외에 미숙한 커뮤니케이션에 대한 부담을 덜어주자는 의미도 있을 것이다.

※ 사랑은 항상 몸으로 향한다

커뮤니케이션의 이러한 한없는 반복 속에서 중요한 의미를 차지하는 것이 휴대전화라는 미디어(매개체)다.

『연공』에서 남녀 관계의 거리는 서로의 몸으로부터의 원근遠近으로 기막힐 만큼 정확한 그러데이션을 그리고 있다.

중요한 것은 상대의 몸이라는 궁극의 정보원情報源이다. 아래의 도표를 보자.

소식이 끊긴 상태에서부터 섹스에 의한 합일에 이르기까지 미카와 히로가 주고받는 것은 '문자' '전화' '대면' '신체 접촉'이라는 네 단계의 커뮤니케이션뿐이다.

시작은 당연히 서로에게 연락을 취하지 않는 상태다. 여기에서 상대에 관한 정보는 제로다.

거기서부터 '포켓벨 혹은 휴대전화 문자'에 의해 언어기호를 사용한 정보 교환이 시작된다. 정보원으로서의 신체는 부재중이고 이것은 최저 레벨의 커뮤니케이션이 된다.

다음에 관계가 약간 진전되면서 커뮤니케이션 레벨이 '전화'로 격상된다. 여기에서는 언어기호에 덧붙여 상대의 몸에서 나온 목소리라는 감각 정보가 처음으로 더해진다.

❖ 『연공』에 나타난 미디어와 커뮤니케이션의 상관도

커뮤니케이션 수단 *1 / 신체 정보 *2	소식 두절	문자	전화	대면	신체 접촉	섹스
언어에 의한 기호화	×	○	○	○	○	○(×?)
다정한 목소리, 화난 목소리 등 (청각 정보)	×	×	○	○	○	○
웃는 얼굴, 화난 몸짓 등(시각 정보)	×	×*3	×	○	○	○
향수 냄새 등(후각 정보)	×	×	×	○	○	○
온기, 부드러움 등(촉각 정보)	×	×	×	×	○	○
레몬의 맛……?(미각 정보)	×	×	×	×	×	○(?)

*1 가장 왼편의 항목 〈소식 두절〉에서부터 가장 오른편의 항목 〈섹스〉에 이르기까지 '정보량'은 점점 많아지고 '두 사람의 관계'는 점점 깊어간다.

*2 가장 위의 항목 〈언어에 의한 기호화〉에서부터 가장 아래쪽의 항목 〈레몬의 맛……?〉에 이르기까지 '신체의 거리'와 '두 사람의 관계의 거리'는 점점 가까워진다.

*3 단 그림문자를 이용한 기호화에 의해 어느 정도는 전달할 수 있다.

다시 관계의 거리가 좁혀지면서 '대면'이 가능해진다. 언어+목소리에 덧붙여 표정 등의 시각 정보가 더해진다. 여기서 어쩌면 후각 정보도 더해질 것이다.

그리고 키스 및 그 밖의 '신체 접촉'에서는 언어+목소리+표정+냄새에 체온을 비롯한 촉각 정보가 합류한다. 마지막으로, 이 예문에는 나오지 않았지만 '섹스'에까지 이르러 서로의 몸이 '하나'가 됨으로써 모든 미디어가 배제되고 사랑의 진실성이 확인된다. 관계의 거리와 신체의 거리가 여기서 마침내 제로가 되는 것이다.

이별할 때는 이것과 정반대의 패턴으로 '섹스→신체 접촉→대면→전화→문자→소식 두절'이라는 식으로 관계가 희박해지면서 상대의 신체에서 나오는 정보도 하나씩 줄어든다.

『발로 차주고 싶은 등짝』에서 구어체에 대해 살펴보았듯이 신체에서 유래하는 부속 정보가 빠져버리면 오해의 여지는 아무래도 커진다. 휴대전화는 두 사람을 끊임없이 접속시켜주지만 사용하면 할수록 오해도 쌓여가는, 양날의 칼 같은 의미를 가진 도구다.

문자를 주고받는 사이에 서로 오해가 쌓이고, 그래서 전화로 직접 이야기를 나누고, 그다음에는 만나서 키스를 한다. 키스를 하고 헤어져서 다시 한동안 문자를 주고받는다. 문자만 주고받는 일이 계속되면 다시 오해가 발생한다. 오해를 풀기 위해 전화로 연락하고, 직접 만나서 이야기하고, 서로의 신체를 더듬는다……

예로 든 장면을 구체적으로 읽어보자.

♪ 삐삐삐

문자 수신: 히로

히로에게 곧 답장이 왔다. 떨리는 손으로 수신함을 열었다.

—미안, 헤어지자.

휴대전화를 잡고 있는 손이 격렬하게 떨리고 가슴이 쿵 하고 내려앉는다. 어떻게 해서든 히로의 목소리가 듣고 싶어서 전화를 걸었다.

'부재중 수신입니다.'

문자로 답장을 보냈다는 건 전화도 받을 수 있다는 건데.

왜 안 받아? 어쩔 수 없이 다시 답장을 보냈다.

—왜?

왜일까? 헤어지기로 마음먹은 히로는 문자를 통해 언어기호를 주고받는 것은 괜찮지만 목소리의 분위기 등으로 굳이 알릴 필요 없는 것까지 알려지고 마는 신체 정보는 주고받기가 싫은 것이다. 한편 미카는 '소식 두절→문자'라는 관계의 접근 순서를 밟아 "목소리를 듣고 싶"다. 즉 신체 정보가 가미된 그다음 단계의 커뮤니케이션으로 나아가기를 원하고 있다.

'목소리도 듣고 싶지 않다' '얼굴도 보고 싶지 않다'는 말은 자주 쓰이는 관용적인 표현이지만, 그런 때에 우리가 경험하는 것도 실은 상대와 어느 정도의 신체 정보를 교환할 것이냐에 대한 판단이다.

전화로 이야기하는 것보다 직접 만나서 얼굴을 보며 이야기하면 당연히 상대에게 부여하는 정보가 많아지고 상대에게서 받아들이는 정보도 많아진다.

이를테면 일을 의뢰하는 연락을 메일로 받았을 때는 간단히 거절할 수 있지만, 전화를 받으면 그 자리에서 곧바로 거절하기가 어렵다. 목소리라는 건 어떤 이유에서 거절하려는 것인가, 거절하기 힘들어하는가 아닌가, 라는 등 필요 이상의 정보까지 상대에게 전달하기 때문이다.

히로에게서 일 분도 안 돼서 답장이 왔다.

—괴로워.

히로, 문자만으론 알 수가 없어.

마음도 말하고 싶은 것도 전해지지가 않아.

미카는 '문어체'로 단련되지 않은 채 미디어(매개체)에 올라온 '구어체'가 표정이나 목소리 톤 같은 부속 정보의 결락 때문에 커뮤니케이션에 상당한 오해를 빚어낸다는 것을 충분히 이해하고 있다. 『사거리』에서 살펴본 내용을 떠올려보자.

몇 번이나 전화를 해도 계속 음성녹음으로 넘어가기에 연락을 취하는 걸 포기했다.

내일 히로네 교실에 만나러 가야지.

만나서 제대로 말을 하고 싶으니까.

정보학적인 관점에서 본다면 이것은 정보원으로서의 신체가 발하는 정보를 수집해서 미숙한 '문어체'의 결락을 보완하기 위해서다. 이 과정은 얼핏 전혀 관계가 없는 것 같지만 『골든 슬럼버』에서 본 '주인공이 의문을 품는다→추측에 의한 가상의 답을 내놓는다→정보를 받는다→대답을 수정한다, 새로운 추측'이라는 구조와 똑같은 것이어서, 독자는 히로가 보낸 "괴로워"라는 수수께끼 같은 말을 미카와 함께 술어로써 충전하기 위해 책장을 계속 넘기며 읽어내려가게 된다.

그다음에 히로에게서 온 전화로 상황이 급변한다. 한밤중에 그가 미카를 만나러 오는 대목이다.

"나, 히로에게 제대로 설명하고 싶어서……"

"설명하지 않아도 알아. 노조무한테 전부 들었고 나 미카를 믿고 있으니까. 오해해서 미안해."

기침을 하며 말하는 히로의 목소리가 조용한 거리를 울린다.

목소리라는 신체 정보가 정확하게 강조되어 있다.

"계속 생각했어. 나, 미카가 다른 남자와 키스한 게 정말 슬펐어. 그래서 헤어지면 편해지려나…… 생각했는데 아기 사진을 보고…… 미카를 너무 좋아해서 헤어지고 싶지 않아."

나는 히로의 손을 꽉 쥐었다.

신체 접촉에 의해 청각+시각 정보에 촉각 정보가 더해진다.

"나도 헤어지고 싶지 않아…… 미안해."

히로는 내 입술을 차가운 손가락으로 더듬었다.

(……)

히로는 그렇게 말하고 정말로 서른 번의 키스를 한 후 천천히 입술을 떼어 나의 머리를 자신의 가슴으로 가져가 꼭 껴안았다.

섹스를 통해 서로 간의 거리가 제로가 되는 것을 여기에서는 "서른 번의 키스"가 대신 확인해주고 있다.

이 소설에서는 일관되게 상대가 무슨 생각을 하는지 알지 못해 애를 태운다는 '커뮤니케이션의 부전不全'이 테마가 되고 있다. '주어화'된 서로를 술어로 충전시키려고 하는데 그게 마음먹은 대로 되지 않는다. '히로는 ……이다'라는 한 문장이 아무리 시간이 흘러도 완성되지 않아서 그 술어를 모색하는 것이 플롯을 전진시키는 힘이 된다. 당연히 마지막에는 그 술어가 독자에게 주어져서 지금까지의 수수께끼가 해결된다.

이것은 「유령들」에서 보았던, 블랙을 응시하는 블루, 타자상과 타자 그 자체의 괴리에 대한 테마를 다룬 것이다.

※ '미안'과 '진짜'

커뮤니케이션의 부전을 테마로 하는 『연공』에서는 다른 소설에서는 전례를 찾아볼 수 없을 만큼 '미안'이라는 말이 자주 나온다. 이것은 물론 커뮤니케이션의 실패를 미연에 방지하려는 시도이고 또한 그것에 대한 반성을 의미한다.

"이런 늦은 시간에 미안해."

(원래는 낮 시간에 만나야 하는데 한밤중에 찾아왔다.)

"설명하지 않아도 알아. 노조무한테 전부 들었고 나 미카를 믿고 있으니까. 오해해서 미안해."

(미카가 노조무와 키스한 것에 대해 성급하게 오해를 했다.)

"나도 헤어지고 싶지 않아…… 미안해."

(아무리 실수라지만 다른 남자와 키스를 해버렸다.)

커뮤니케이션에 과중하게 의지하기 때문에 그들은 그 실패에 대해 과민하게 반성한다.

'진짜'라는 표현도 히로가 입버릇처럼 쓰는 말이다. 맞장구나 강조의 표현으로 쓰이기도 하지만 원래의 의미가 완전히 소실된 것은 아니다. 자신이 던진 말의 의미와 상대가 받아들인 의미가 서로 어긋난다고 느꼈을 때, '이건 진지하게 하는 얘기다'라는 의사를 전달하거나 확인하기 위해 몇 번이고 다짐을 받는 것이 이 '진짜'라는 말이다.

⌘ 플롯의 논리성

『연공』의 고등학생들이 어려운 상황에 빠지는 것은, 포켓벨에서 휴대전화 문자로 새로운 미디어가 출현하고 진화해가는 세상의 흐름 속에서 '문어체'로 충분히 단련되지 않은 '구어체'를 부속 정보가 빠진 채 주고받기 때문에 매번 서로 오해가 발생하는 데서 비롯된다. 그리고 그 오해를 해소하기 위해 그때마다 신체 정보를 확인하러 직접 나가지 않으면 안 된다.

이 이야기는 정보원으로서의 히로의 몸이 죽음으로 인해 영원히 상실된다는 결말을 준비하고, 다시 그 커뮤니케이션의 열쇠였던 휴대전화로 소설을 씀으로써 이번에는 언어기호를 매개로 불특정 다수의 독자와 커뮤니케이션을 시작한다는 전개를 보이며 착지하게 된다. 거기서 전파되는 것은 기호화된 무수히 많은 히로의 몸이다. 이렇게 보면 지극히 논리적이고 굵직한 뼈대의 구조를 갖춘 소설로 느껴질 것이다. 이 작품에는 단순한 사회학적 분석을 뛰어넘는 문학적 비평의 가능성이 펼쳐져 있다고 나는 생각한다. 이 소설을 좋아하든 싫어하든, 평가를 내리는 건 마지막의 덤 같은 작업이 아닐까.

다른 작품과의 비교라는 관점에서 말한다면, 역시 『발로 차주고 싶은 등짝』과 나란히 읽어보는 것이 효과적일 것이다. 『발로 차주고 싶은 등짝』도 커뮤니케이션에 편중된 고등학생 소설이지만, 하츠와 니나가와는 미디어라는 매개체가 아닌 대면 커뮤니케이션을 기본으로 하면서, '발로 차주고 싶다'는 마지막 결정적인 '신체 접촉'의 충동이 테마이다.

또한 『발髮』의 테마도 사랑하는 사람의 죽음과 서로 간의 거리이지만, 기본적으로 사용되는 미디어는 전화뿐이라는 점에 비교의 재미가 있을 것이다. 어떤 경우건 미디어는 작품 속에서 큰 의미를 갖고 있지만, 일정한 테마에 주목하는 것만으로도 전혀 다른 듯이 보이는 소설 사이에 의외의 공통점이 발견되는 일이 있다.

그런 때에 반드시 신중을 기해야 하는 것은, 그 인과관계를 설정한 것은 어디까지나 독자의 머릿속에 있는 이론적인 틀이라는 점이다. 작품이 서로 영향을 끼쳤느냐 아니냐는 전혀 다른 문제다.

✕ 지은이의 말

앞서 출간한 『책을 읽는 방법—히라노 게이치로의 슬로 리딩』은, 인터넷 시대에 엄청난 양의 정보가 폭주하는 속에서 최소한 책만은 천천히 읽고 내용을 충분히 음미해보자는 제안이었다.

속독을 못하는 것에 콤플렉스를 가질 필요는 전혀 없으며 천천히 읽기 때문에 비로소 책은 우리에게 수많은 것을 가르쳐준다는 생각에는 지금도 변함이 없다.

슬로 리딩의 제안에 많은 독자들이 공감을 표하고 '독서를 하면서 한결 마음이 편해졌다'고 말해주신 것은 무엇보다 기쁜 일이었다.

한편으로, 무조건 속독을 부정할 건 없지 않느냐는 의견도 있었다. 또한 속독할 책과 슬로 리딩할 책을 구분해서 생각하면 된다는 지당한 의견도 있었다. 그런 의미에서 다음에는 소설로 특화한 글을 읽고 싶다는 목소리도 적지 않게 들려왔다.

그런 의견에 귀를 기울여 속편인 이 책에서는 기본적으로 '소설 읽는 방법'에 대해 생각해보고, 많은 사람들이 책을 읽은 뒤에 블로그에 자신의 느낌을 올리고 서로 의견을 교환할 때 도움이 될 '원초적인' 시점을 소개하고자 했다. 따라서 이 책의 목적은 비평이 아니다.

다양한 유형의 소설을 예로 들어 세세하게 살펴보는 작업은 내게도 무척 즐거운 일이었다. 해설을 시도하는 동안 머리도 상당히 정리되어 좋은 공부의 기회가 되었다. 하지만 그로 인해 귀중한 텍스트를 해부하는 듯한 야만적인 짓까지 하게 되어 저자 여러분께 죄송한 마음이다.

이 자리를 빌려 협력해주신 데 대해 감사드리고 또한 실례에 대해 사과의 말씀을 올린다. 널리 양해해주시기를.

히라노 게이치로

옮긴이의 말

—소설을 좀더 사랑하기 위한 방법

히라노 게이치로는 1998년 교토 대학 법학부 재학중에 발표한 첫 장편소설 『일식』으로 다음 해 아쿠타가와상 최연소 수상 기록을 세우면서 화려하게 등단했습니다. 이후 『달』 『센티멘털』 『방울져 떨어지는 시계들의 파문』 등 장중한 의고체 문장으로 차례차례 문제작을 발표하였습니다. 그중에서도 장편소설 『장송』과 『결괴決壞』는 원고의 양이 방대해서 책이 두툼하기로도 유명합니다. 아직 젊은 나이지만 문단 내에서 진지한 자세로 순수문학을 추구하는 작가로 손꼽힙니다. 한편으로 당대의 문화적 현상을 완전히 새로운 사유로 써내려간 수

필집, 각계 전문인들과 함께한 대담집도 다수 발표해온 명석한 두뇌의 지식인입니다.

특히 히라노 게이치로는 문학의 힘을 신뢰하는 작가입니다. 텔레비전, 인터넷 등의 영상 매체가 급속히 발전하면서 문자 매체의 쇠퇴를 우려하는 목소리가 높지만, 그런 시대이기 때문에 문학은 더욱 가치를 발휘할 수 있다고 강조합니다. 텔레비전을 멍하니 바라보거나 인터넷에서 쏟아지는 정보들을 검색할 때, 우리는 미처 소화할 수 없을 만큼 많은 것들이 내 안으로 흘러드는 불쾌한 팽만감을 느끼곤 합니다. 많은 것을 알게 된 듯한 착각에 빠지지만 난무하는 정보의 일방적인 유입은 인간의 정신세계에 깊은 울림을 주지 못합니다. 이런 때에 '우리 인간의 마음속 깊은 밑바닥을 작은 사이즈로 압축하여 농밀한 시간과 함께 체험하게 해주는 것이 소설'이라고 저자는 말합니다. 정보의 바다에서 허우적거리며 한정된 인생의 시간을 낭비하고 있을 때, '소설은 여전히 우리 자신을 표현할 수 있는 뛰어난 양식'으로 힘을 발휘할 것입니다.

이 책은 소설을 보다 깊이 있게 감상할 수 있는 방법을 제시하였습니다. 제1부는 기초편으로, 소설을 읽기 위한 기본적인 생각의 틀을 간결하게 설명하였고, 제2부에서 그 기초를 응용하여 실제로 아홉 편의 소설에서 예문을 뽑아 감상법을 직접 내보였습니다. 기본적으로 현재 활약중인 소설가를 선정하였으나 예외적으로 이미 작고한 미르체아 엘리아데가 포함되었습니다.

일본문학계에 처음 포스트모더니즘을 도입한 다카하시 겐이치로를 중심으로, 젊은 작가 이사카 고타로와 와타야 리사, 그리고 완숙의 경지에 이른 세토우치 자쿠초와 후루이 요시키치의 작품을 거론했습니다. 거기에 미국의 포스트모더니즘 작가 폴 오스터, 영국의 스토리텔러 이언 매큐언, 그리고 저자의 소설에 큰 영향을 끼친 미르체아 엘리아데까지 세 명의 구미 작가의 소설을 독자와 함께 읽어나갑니다.

약간 뜻밖으로 보이는 작품은 마지막에 언급한 '미카'의 『연공』입니다. 우리나라에서도 '인터넷 소설'로 발표한 귀여니의 작품들이 화제가 된 적이 있는데, 미카는 '일본의 귀여니'라고 할 만한 작가입니다. 단지 일본에서는 컴퓨터보다 휴대전화를 중심으로 하는 무선 인터넷이 먼저 발달해서, 작가는 휴대전화 문자로 소설을 입력하고 독자는 휴대전화 화면을 통해 읽어보는 시스템이기 때문에 '인터넷 소설'이 아니라 '휴대 소설'이라고 불립니다. 그래서 우리 인터넷 소설보다 문장과 단락이 짧고 그만큼 속도감이 있습니다. 『연공』은 휴대소설 웹사이트 '마법의 *i* 랜드'에 연재되는 동안 160일 연속으로 검색 횟수 1위를 기록하고, 2006년에 책으로 출간되자 상하권 200만 부가 팔리며 베스트셀러에 올랐습니다. 이런 인기를 업고 영화와 드라마로 제작되기도 했습니다.

인터넷 공간에서 언어는 점점 더 짧고 자극이 강한 쪽으로 내달려 자국어의 파괴에 대한 염려의 목소리가 높아지고 있지만, 저자는 오히려 '그런 문체文體이기 때문에 성공을 거두는 커뮤니케이션 공간이 있다'는 것을 인정하고 있습니다. 미카의 『연공』은 바람직한 예라고는 할 수 없으나, 이 소설이 보이는 특성을 분석하여 문학의 장으로서 인터넷 소설의 발전 가능성을 열어두기 위한 시도입니다.

"최소한의 공간에서 최대한의 정보를 처리하기 위해 쓸데없는 살을 깎아내고 그만큼 민첩한 근육이 붙을 것이다. 그러지 않고서는 커뮤니케이션이 성립되지 않는다"고 저자는 인터넷 공간에서의 문학을 기대하고 있습니다. 실제로 네티즌의 촌철살인 댓글, 소셜 네트워크에서의 위트와 해학이 넘치는 코멘트, 토론 광장에서 예리한 필봉을 휘두르는 논객들은 놀라운 커뮤니케이션 성과를 올립니다. 독자 블로거들의 서평에서도 감상문의 상투성을 벗어던진 자유로운 생각의 글들을 자주 만날 수 있습니다. 인터넷 시대에 문학은 쇠퇴하는 것이 아니라 그 전통이 또다른 방식으로 면면히 이어져 우리 시대에 적합한 방식으로 표현되고 있는 것입니다.

소설을 한 단계 높은 수준에서 이해하고자 할 때, 자신이 좋아하는 소설가의 작품에 대해 이야기할 때, 혹은 독후감이나 리포트를 제출하거나 블로그에 서평을 올릴 때, 작가 히라노 게이치로와 함께 소설을 읽어본 이 책의 독서 경험이 큰 도움이 되기를 바랍니다. 나아가 그가 문학의 미래에 걸고 있는 희망이 소설을 쓰려는 분들에게 좋은 자극이 되기를 기대합니다.

양윤옥

지은이 **히라노 게이치로**
1975년 6월 22일 아이치 현 출생. 1998년에 발표한 데뷔작 『일식』으로 다음 해 제120회 아쿠타가와상을 수상했다. 지은 책으로 소설집 『센티멘털』『방울져 떨어지는 시계들의 파문』『당신이, 없었다, 당신』, 장편소설 『달』『장송』『얼굴 없는 나체들』『결괴』『DAWN』『형체뿐인 사랑』, 산문집 『문명의 우울』, 그 밖에 『책을 읽는 방법』 등이 있다.

옮긴이 **양윤옥**
일본문학 전문번역가. 히라노 게이치로의 『일식』 번역으로 2005년 일본 고단샤가 수여하는 노마문예번역상을 수상했다. 옮긴 책으로 히라노 게이치로의 『일식』『장송』『센티멘털』, 미시마 유키오의 『가면의 고백』, 마루야마 겐지의 『무지개여 모독의 무지개여』『납장미』, 아사다 지로의 『철도원』『칼에 지다』『슬프고 무섭고 아련한』『장미 도둑』, 그 밖에 『도쿄타워-엄마와 나, 때때로 아버지』『약지의 표본』『너덜너덜해진 사람에게』『붉은 손가락』『남쪽으로 튀어!』『유성의 인연』『백광』 등이 있다.

소설 읽는 방법

초판인쇄 2011년 9월 20일
초판발행 2011년 9월 27일

지은이 히라노 게이치로 | 옮긴이 양윤옥 | 펴낸이 강병선
책임편집 양재화 | 편집 오동규 | 독자모니터 이민아
디자인 송윤형 이주영 | 저작권 김미정 한문숙 박혜연
마케팅 방미연 우영희 정유선 나해진 | 온라인 마케팅 이상혁 한민아 장선아
제작 안정숙 서동관 김애진 | 제작처 영신사(인쇄) 경일제책(제본)

펴낸곳 (주)문학동네
출판등록 1993년 10월 22일 제406-2003-000045호
주소 413-756 경기도 파주시 문발동 파주출판도시 513-8
전자우편 editor@munhak.com | 대표전화 031)955-8888 | 팩스 031)955-8855
문의전화 031)955-8889(마케팅), 031)955-3561(편집)
문학동네카페 http://cafe.naver.com/mhdn

ISBN 978-89-546-1602-7 03830

www.munhak.com